INTÉRÊT COMMUN

ANGEL

DON DEBRANT

INTÉRÊT COMMUN

Un roman original d'après la série créée par Joss Whedon et David Greenwalt.

FLEUVE NOIR

Titre original :
Shakedown

Traduit de l'américain par
Anne-Virginie Tarall

Collection dirigée par
Patrice Duvic

ISBN : 2-265-07132-3

Dédié à Andrea, Irlandaise au tempérament de feu et plus grande fan de Doyle que je connaisse.

Ce livre est pour toi, chérie.

REMERCIEMENTS

J'aimerais remercier mon agent, Lucienne Diver, de chez Spectrum, pour son dur labeur. Ma directrice de collection, Lisa Clancy, pour sa contribution perspicace. Pauline, qui m'a prêté toutes ses cassettes d'Angel. Et tous mes amis venus me porter secours à vingt-trois heures quand mon ordinateur m'a lâché à une semaine de la date de remise – Marilyn, Kathleen, John, Steve et tout spécialement The Brick, qui ont analysé, improvisé et triomphé.

CHAPITRE PREMIER

Les visions, ça craint ! Et pas seulement à cause des migraines, pensa Doyle pendant que Cordélia lui pressait un sachet de glaçons sur le front. *Ni même à cause du sentiment de désastre imminent qui les accompagne... Mais me tortiller devant Cordy comme si on m'avait fourré un poulet dans le pantalon... Dieu, c'est trop injuste !*

— Alors, c'est quoi, cette fois ? soupira Cordy. Des vampires ? Des loups-garous ? Des fans de disco ?

— Pire ! répondit Doyle en grimaçant de douleur. Pour un bureau appartenant à un vampire, il y a beaucoup trop de surfaces réfléchissantes.

Des panneaux de verre séparaient la pièce et il semblait à Doyle qu'ils émettaient un rayon lumineux qui lui perforait le crâne. Par bonheur, dans le bureau d'Angel, la fenêtre était condamnée par des briques !

Il ferma les yeux.

— Je ne voudrais pas avoir l'air de faire dans le mélodrame, mais je viens de voir la ville... détruite.

— Dis-nous tout, l'encouragea Angel.

Le demi-démon irlandais rouvrit les yeux. Assis à son bureau, Angel polissait la tête d'une hache de guerre celte. Doyle l'aurait bien vu en kilt, avec le visage peint en bleu, autour d'un feu de camp, au flanc d'une colline écossaise... Mais il était vêtu d'un pantalon et d'une chemise en soie. La lumière était diffusée par la lampe de bureau.

— Ce que j'aimerais, dit Doyle, prenant à Cordélia le sachet de glaçons, c'est un verre de whisky pour aller avec cette glace !

— En terme d'effets spéciaux, demanda Cordy, ta vision est aussi spectaculaire que dans le dernier film d'action de Bruce Willis ? Ou plutôt du genre Hulk Hogan en vidéo ?

Cordélia portait une robe d'été vert pâle, probablement un invendu d'un couturier réputé qu'elle avait déniché dans une boutique de vêtements d'occasion, sur Melrose. Sur elle, ça avait une classe folle. Le chic naturel de Cordélia compensait largement son manque de fonds.

— Je parle d'une destruction totale.

— De quelle manière ? demanda Angel.

— Le pire cauchemar de tous les habitants de Los Angeles, bien sûr. Un tremblement de terre. LE tremblement de terre.

Si Angel avait pu changer une chose dans son travail, ç'aurait été ses relations avec les Pouvoirs Qui Sont. Les *P*ouvoirs *Q*ui *S*ont.

On pouvait entendre les majuscules... Angel se demanda si leurs amis les appelaient les P ou simplement PQS. Probablement pas.

Il n'avait rien contre le fait d'être leur instrument. Au grand buffet de l'existence, Angel avait reçu une copieuse assiette de culpabilité assaisonnée de regrets et de remords. Mais ça, c'était pour le second service. Le premier avait consisté en tortures, en meurtres et en mutilations. Il avait beaucoup à se faire pardonner... Etre devenu un agent des pouvoirs suprêmes n'était pas pour lui déplaire.

Mais fallait-il que les visions de Doyle soient toujours aussi *vagues* ?

— « *Angel, voici une photo récente d'un démon tueur en série. Mets-lui la main dessus* », marmonna le vampire. Ou : « *Voilà une liste des sacrifices rituels auxquels tu dois mettre un terme, classés par ordre alphabétique* ». *Ça*, c'est ce que j'appellerais des informations utiles ! Mais tout ce que j'ai, c'est une bande-annonce de cinéma et le nom d'un immeuble d'habitation !

Il était dissimulé à l'ombre d'un buisson d'hibiscus, en face de l'immeuble. Au-dessus de l'entrée, une pancarte annonçait : « Domaine du Pommier ».

C'était une construction plutôt récente. Des murs d'enceinte de deux mètres cinquante entouraient la propriété. Il y avait un parking en sous-sol, des portes de sécurité et probablement une piscine extérieure. Rien d'inhabituel pour ce quartier résidentiel de Los Angeles, Silverlake.

Depuis la tombée de la nuit, Angel surveillait les allées et venues. Il était sûr de ne pas s'être fait repérer – « observateur professionnel de l'ombre » figurait en deuxième position sur son CV, entre « vampire doté d'une âme » et « détective privé sans licence ».

Alors, il vit le démon, qui avait l'air normal dans ce contexte. La trentaine, beau garçon, des dents et des cheveux comme seul l'argent pouvait en offrir… Son costume trois pièces était taillé sur mesure – parfait pour un dîner avec des nababs hollywoodiens.

Le démon marqua une pause sur le trottoir obscur et sourit, révélant une fraction de seconde sa langue fourchue.

N'importe qui aurait manqué ce détail… sauf Angel.

— Tu n'as pas pu résister…, murmura-t-il. Il fallait

vraiment que tu goûtes le brouillard pollué de Los Angeles ?

Une Porsche 928 gris argent arriva. Le démon monta dedans. Puis elle disparut au coin de la rue.

Angel sortit son portable et appela.

Vingt minutes plus tard, une autre voiture s'arrêta dans la rue : une vieille Dodge blanche. Angel sortit de l'ombre et approcha de la vitre du conducteur.

— Grande pizza au pepperoni et aux champignons ? demanda-t-il, sortant son portefeuille.

— Vous devez être affamé, dit le jeune Latino assis au volant. La plupart des clients attendent que je les livre à domicile.

— Je vous offre vingt dollars de plus pour votre casquette.

Le conducteur hésita, puis il haussa les épaules et lui tendit sa casquette.

— Ça me va.

— Euh… La pizza ne contient pas d'ail, hein ?

Un homme sortit de l'immeuble et s'éloigna sans se retourner. Angel se glissa à l'intérieur. La seule chose que les gens remarquaient – ou se rappelaient – au sujet d'un livreur de pizza, c'était… l'odeur de la nourriture.

Les immeubles résidentiels étant des lieux publics, rien n'empêchait un vampire d'y pénétrer. Mais pour entrer dans une maison ou un appartement individuel, il devrait attendre d'y être invité.

Ce soir-là, le problème ne se poserait pas. Angel n'avait pas l'intention de pousser loin ses investigations. Il se contenterait de faire le tour du propriétaire et de repérer les lieux.

Le hall n'était pas très distingué, avec sa fausse cheminée au manteau en plâtre. Visiblement, les locataires avaient l'habitude d'y fourrer les prospectus inintéressants. Il y avait aussi des rangées de boîtes aux lettres chromées et quelques plantes en pots.

Le vampire longea les couloirs sans croiser plus de deux ou trois personnes.

Il ne trouva absolument rien.

Pas le moindre bruit suspect derrière les portes closes. Pas de pentagramme tissé dans la moquette. Pas d'odeur maléfique sortant de la laverie commune.

Rien qu'une pizza qui refroidissait dans ses bras et une casquette qui lui donnait l'air ridicule.

— Un tremblement de terre..., murmura-t-il. Les sous-sols ?

Il descendit dans le parking et le parcourut de long en large.

Il poussa la boîte à pizza sous une BMW et fourra la casquette dans la poche de son cache-poussière noir. Puis il s'approcha de l'ascenseur. Personne en vue.

Angel glissa le bout de ses doigts dans la fente, entre les deux panneaux coulissants, et utilisa sa force surhumaine pour les écarter. Puis il se pencha dans la cage d'ascenseur. L'étage était censé être le dernier, mais la cage s'enfonçait encore dans l'obscurité.

Jusqu'à quelle profondeur ?

— Eh bien, eh bien... Que cache-t-on en bas ?

Il y avait une échelle en acier pour la maintenance. Angel commença à descendre.

Peu désireux de croiser le chemin d'un ascenseur, le vampire se hâta. Il atteignit vite le fond de la cage, cinq étages plus bas.

Le couloir où il déboucha était similaire à ceux des étages supérieurs, même si davantage d'argent avait été investi dans la décoration. Les appliques murales étaient en cristal taillé. Même les portes de l'ascenseur étaient décorées de moulures en bronze vieilli. Grâce à ces prises inespérées, Angel réussit à refermer les panneaux coulissants.

C'était aussi bien. Il entendit une autre porte s'ouvrir un peu plus loin et se retourna, l'air de rien.

L'homme qui sortit aurait pu être le frère du démon qu'il avait repéré devant l'immeuble. Ou son cousin. Il avait le même « physique ravageur », typique de Los Angeles. Ses vêtements, d'un blanc immaculé, contrastaient avec le cache-poussière en cuir noir d'Angel.

Le démon sourit, exhibant des dents parfaitement blanches et alignées.

Une excuse idéale vint à l'esprit du vampire. La raison qu'il comptait invoquer pour expliquer sa présence serait acceptée sans peine. En outre, elle lui permettrait d'obtenir les renseignements qu'il était venu chercher. Mais alors qu'il ouvrait la bouche, la terre trembla.

Le démon, soudain terrifié, se rattrapa au chambranle de la porte qu'il venait d'ouvrir. Des petits bouts de plâtre tombèrent du plafond. Des portes s'ouvrirent sur des occupants affolés…

… Des langues minces et fourchues pointaient entre leurs lèvres.

La secousse dura moins d'une minute. Angel avait connu pire. Mais la perspective d'être enseveli sous des tonnes de gravats avait de quoi le rendre nerveux.

Puis tout fut fini… et tout le monde parla en même temps. Personne ne sembla remarquer Angel, ce qui le soulagea et l'ennuya à la fois. Il avait trouvé une si merveilleuse excuse !

— Ça va ? Personne n'est blessé ? demanda un grand type.

Il portait des vêtements ordinaires : un pantalon beige et une chemise jaune en coton. Mais son autorité naturelle n'avait pas besoin d'être soulignée par une tenue particulière.

La soixantaine, il avait des cheveux argentés et affichait la maturité tranquille commune aux stars masculines sur le retour.

— Tout le monde va bien, Galvin, répondit une jeune femme vêtue d'un short et d'une brassière. Quelques enfants ont été un peu secoués, c'est tout.

— Il est temps que nous tenions une assemblée, dit Galvin.

Il avait un accent irlandais qu'Angel n'aurait pas remarqué s'il n'était pas né lui-même sur l'île d'Emeraude.

— Tout le monde dans la salle commune dans dix minutes ! annonça Galvin.

Angel suivit le mouvement et s'installa au fond le plus naturellement du monde. D'une capacité de cent personnes environ, la salle était pleine à craquer. A part Galvin, tous les participants étaient jeunes et d'un physique agréable.

Les rangées de sièges faisaient face à un podium antique pour lequel Sotheby aurait commencé les enchères à dix mille dollars.

Galvin frappa trois coups avec un marteau de commissaire priseur.

— C'est le troisième tremblement de terre en trois jours… Si ça continue, le bâtiment s'écroulera.

Sa voix de ténor, riche et profonde, n'avait nul besoin d'un micro.

Au second rang, un homme leva la main. Angel remarqua la Rollex qu'il portait au poignet.

— Ne pouvons-nous pas négocier ? demanda-t-il.

Galvin sourit.

— Eh bien, si quelqu'un le pouvait, ce serait nous, ne croyez-vous pas ?

Cette remarque fut saluée par quelques rires nerveux.

— Non, négocier est exclu. Nous sommes littéralement assiégés. *Ils* ont décidé de se débarrasser de nous parce que nous les gênons.

Une jeune femme en tailleur Versace prit la parole.

— Ne pouvons-nous pas leur faire une offre ? Nous avons certainement quelque chose qui les intéresse.

— En effet. Hélas, ils sont résolus à nous l'arracher de force. Nous sommes les *pros* des effets de levier, mais si nous n'avons pas l'énergie nécessaire pour actionner le levier… Nous sommes des hommes d'affaires, pas des combattants.

— Excusez-moi…, dit Angel en se levant.

Tout le monde se tourna vers lui.

— Si vous n'êtes pas des combattants, vous devriez peut-être songer à en engager.

— Angel, dit Galvin, le vampire doté d'une âme…

Le bureau de Galvin était aussi élégant et raffiné que s'il avait appartenu à un membre d'une famille royale. Des boiseries en acajou poli décoraient les murs. Un tapis persan couvrait le plancher. Le bureau était digne d'une cour française. Et les deux tableaux accrochés derrière auraient pu payer le loyer du vampire pendant un siècle.

— Vous avez entendu parler de moi… Je ne peux pas en dire autant de vous.

— C'est compréhensible. Nous sommes plutôt réservés. Nous restons entre nous, mais nous ne sommes pas maléfiques pour autant. Un cognac ?

— Non, merci. Si je dois travailler pour vous…

— … Vous devrez en savoir plus sur notre compte, évidemment.

Galvin versa une rasade de cognac dans un petit verre ballon. Puis il fit tourner lentement le liquide et le porta à ses lèvres, dardant sa langue fourchue.

— Ah… Merveilleux ! Etes-vous certain de ne pas en vouloir ? Je peux vous garantir que c'est ce qui se fait de mieux.

— Je vous crois sur parole, répondit Angel. Mais ce n'est pas ce qui m'intéresse.

— Bien sûr. Désolé… Il n'est pas facile de dévoiler sa véritable nature à un étranger après une vie passée à la cacher à tout le monde. Mais nous avons besoin de votre aide. Nous sommes les Serpentines. Les vampires sont des démons qui ont pris possession de corps humains et nous, des démons incarnés dans des serpents. Au fil du temps, nous avons évolué – mué –, pour survivre. L'humanité a une peur innée des serpents et des démons… Alors, nous avons appris à dissimuler notre vraie nature.

— Vous vous en êtes bien sortis, pour des parias.

— Financièrement ? C'est certain. Les Serpentines sont des hommes d'affaires par nature, des touche-à-tout de génie. Ce qui nous limite, c'est un problème que vous rencontrez également.

— Un régime liquide ?

Galvin éclata de rire.

— Non ! Contrairement aux serpents ordinaires, notre héritage démoniaque fait de nous des créatures nocturnes. Comme vous, nous n'aimons pas le soleil.

— Et vous vivez sous terre ?

— Plus ou moins. Nous ne nous enflammons pas quand les rayons du soleil nous touchent, mais ils nous rendent apathiques. Ce n'est pas l'idéal dans le monde des affaires… et nous adorons dépenser de l'argent.

— J'ai pu le constater.

— Plus nous ressemblons aux humains, plus nous adoptons leur nature. Nous avons développé des goûts humains, en particulier pour les bonnes choses de la vie : les vêtements, les voitures, la nourriture, les boissons ou les meubles. Nous désirons toujours ce qui se fait de mieux… Voilà pourquoi nous voulons vous employer.

— Pour vous protéger. Mais de qui ?

— Je devrais peut-être vous montrer… (Galvin se leva.) Venez, s'il vous plaît.

Le Serpentine guida Angel hors de son bureau et le long du couloir. Il s'arrêta devant la porte numéro 245 et frappa un coup discret.

— Maureen ? C'est Galvin.

Une jolie fille rousse au nez constellé de taches de rousseur ouvrit. Cordélia aurait joyeusement donné son bras gauche pour la robe qu'elle portait.

— Oui, Galvin ?

— Je te présente Angel. Il nous aidera à régler notre problème.

— Oh. Je vous ai vu à l'assemblée.

— J'espère pouvoir vous être utile.

— Maureen, pouvons-nous voir Suzy ? demanda Galvin. Penses-tu qu'elle soit en état de recevoir des visites ?

— Son état n'a pas évolué, soupira la jeune fille. Venez.

Elle leur fit traverser un salon entièrement noir et blanc – un sofa et des fauteuils en cuir noir, une table basse en métal noir, un tapis et des murs blancs –, jusqu'à une chambre, au bout du couloir.

Le grand lit à baldaquin était vide, mais Angel entendit quelque chose et s'aventura dans la salle de bains en marbre.

Une créature était « allongée » dans la baignoire.

Jadis, ça avait dû être une femme… Ce n'était plus qu'une masse de chair gardant une forme vaguement humaine. On aurait dit une poupée gonflable à moitié remplie de gelée. Seuls les yeux glauques et la bouche palpitante indiquaient que la chose était vivante.

Elle cligna des yeux en voyant Angel.

— Houms… ohhhh…

— Suzy, je te présente Angel, dit Galvin. Il nous protégera de ce qui t'a attaquée.

— Gggguhhhh…

— Que lui est-il arrivé ? demanda Angel.

— Un démon l'a agressée la semaine dernière. Elle s'est défendue. Même si elle n'était pas de taille à lutter contre lui, elle l'a mis en colère. D'après des témoins, il l'a attrapée par les poignets et elle a commencé à… trembler. Violemment. Ses os ont été pulvérisés. Ses ongles et ses dents ont explosé.

— Pourquoi n'est-elle pas… ?

— Morte ? Un être humain le serait. Mais les serpents ont toujours eu une certaine… souplesse. Ça lui a permis de survivre.

— Eh bien, dit Angel, quelle chance…

— C'est ici que l'attaque a eu lieu, dit Galvin.

Le bureau abritait des rangées de postes informatiques, tous occupés par des Serpentines impeccablement vêtus. Munis de portables, ils poursuivaient des conversations animées.

— Voici notre force de vente. Nos agents travaillent tard, comme d'habitude. Vu notre mode de vie et nos préférences, nous nous reposons beaucoup sur le télémarketing.

— Je croyais que vous n'étiez pas démoniaques de nature…

Galvin sourit sans répondre. Il guida Angel dans le labyrinthe de bureaux jusqu'au bout de l'immeuble. Sur leur passage, les Serpentines les saluaient.

On avait cloué au mur du contreplaqué et un enchevêtrement de planches. Le trou devait être impressionnant…

— C'est par là qu'il est arrivé, la semaine dernière.

— Et à quoi correspond ce « il », au juste ?

— A un *Quakedémon* : un monstre capable de provoquer des secousses sismiques.

— Je n'avais jamais entendu parler de cette race.

— Ça ne me surprend pas. Elle vit sous terre et ne se montre jamais à la surface. Ce sont de drôles de créatures : courtaudes et musclées, avec une peau rappelant du charbon brut.

— Et pourquoi s'en prennent-elles à vous ?

— Nous n'avons aucune certitude à ce sujet. Ça pourrait être une question de territoire. Ou de croyances religieuses. Ce qui est clair, c'est qu'elles veulent nous expulser… Elles n'hésiteront pas à faire écrouler le bâtiment sur nos têtes.

— Et elles détruiront Los Angeles par la même occasion, renchérit Angel, songeur. Très bien. Voilà ce que je vais faire.

Il tira une carte de visite de sa poche et la tendit à Galvin.

— Le numéro de téléphone de mes associés… Si je ne suis pas de retour dans trois heures, ou si vous n'entendez pas parler de moi entre-temps, appelez-les pour les prévenir.

Angel saisit une des planches qui lui barraient le chemin et l'arracha.

— Que comptez-vous faire ?

Angel tira sur une deuxième planche.

— Oh… Un petit tour, histoire d'admirer le paysage et de jouer les spéléologues. Je suis un grand amoureux des tunnels…

Le boyau aux parois de terre nue et compacte était juste assez haut pour qu'Angel puisse avancer sans se courber. Le vampire le suivait depuis un kilomètre environ.

— Génial ! Je suis engagé par des démons yuppies contre l'Homme Taupe…

La torche qu'il avait emportée éclaira un embranchement.

— Décision, décision…

Il prit le boyau de droite.

Depuis son arrivée à Los Angeles, il avait passé beaucoup de temps sous terre. Les nombreux tunnels formaient un réseau souterrain très utile dans la journée. Et il avait un sens de l'orientation ultra développé.

Seul dans le noir, avec l'odeur de la terre qui lui chatouillait les narines, il sentit les souvenirs affluer à sa mémoire. Des souvenirs d'une époque où il était perdu…

… Dans la soif de sang et la folie.

1755, deux ans après que Darla eut fait de lui un vampire.

Deux ans après qu'il eut commencé à sillonner l'Europe, laissant dans son sillage des monceaux de cadavres.

Cette année-là, un tremblement de terre ravagea le Portugal, tournant en ridicule les basses œuvres d'Angélus et de sa créatrice en faisant trente mille morts. Les deux vampires étaient à Madrid, assez près pour sentir les effets de l'onde de choc.

Quand ils apprirent l'étendue de la catastrophe, ils décidèrent de prendre des vacances.

Ils louèrent une péniche à Aranjuez et descendirent le Tage. En deux jours, ils eurent atteint Lisbonne. Le joyau de la péninsule ibérique n'était plus qu'une vision de cauchemar…

Livrées aux flammes depuis cinq jours, ses rues jonchées de gravats interdisaient aux pompiers d'intervenir. Le centre-ville, du quartier Saint-Paul à Saint-Roche, était détruit. Du Palais Royal et de l'Opéra, ne restait que les murs.

Les rats avaient commencé leur festin macabre.

L'équipage de la péniche, composé d'hommes aguerris, contempla le désastre dans un silence choqué.

Angélus et Darla levèrent leur flûte de champagne… puis égorgèrent les matelots.

Ils jouèrent comme des gosses dans les ruines, inventant des jeux nouveaux à chaque coin de rue. Une tête détachée d'un corps se transforma en ballon ; deux bras devinrent des épées de fortune. Darla poursuivit son amant dans une église en ruine avec des cris de ravissement. Elle relevait sa jupe de la main gauche et brandissait de l'autre le bras d'une nonne.

Alors, ils l'entendirent.

Un appel au secours.

— Qu'avons-nous là ? demanda Angélus. Un trésor enfoui, peut-être…

— Crois-tu qu'on veuille jouer avec nous ?

— Bien sûr ! Tu vois bien qu'on ne nous a pas attendus pour jouer à cache-cache !

Il enleva sa redingote noire et commença à déblayer, soulevant des poutres en chêne que trois hommes auraient déplacées avec peine.

Puis il s'agenouilla.

— Calmez-vous ! J'ai une équipe de cinq hommes qui travaillent comme des fous !

Darla éclata de rire ; il lui fit signe de se taire.

— Sil vous plaît, dit une voix de femme, nous sommes enfermés là depuis cinq jours, sans eau ni nourriture…

— Combien êtes-vous ?

— Trois…

— Et comment êtes-vous descendus là ?

— Une trappe mène à la cave…

— Quoi ? Nous avons déblayé le sol à cet endroit et vous dites que nous avons fait tout ça pour rien ? Eh bien, il faudra recommencer… après le déjeuner, ça va de soi.

— Pardon ?

— Oui, un bon poulet rôti, du pain frais et de l'eau fraîche… Un repas bien mérité !

— Oui. Mais s'il vous plaît, revenez vite…

— Oh, nous ne serons pas longs, dit Angélus en riant. Une heure ou deux, tout au plus.

Le vampire se releva.

— Parler de nourriture m'a donné faim. Et si nous allions goûter la cuisine locale ?

— Comment ? Tu abandonnes déjà ? Tout ce travail et pas de récompense ?

— Oh, c'est comme si nous avions un cellier bien rempli, non ? Allons grignoter quelque chose d'abord…

Le tunnel de droite remontait, mais Angel ignorait à quelle distance il se trouvait de la surface. Peut-être avait-il choisi le mauvais embranchement…

L'attaque survint, brutale.

Le démon s'était encastré dans la paroi avec laquelle il se confondait, tel un caméléon. Angel ne l'aurait pas remarqué… s'il ne lui avait pas flanqué son poing dans la figure.

Le vampire laissa tomber sa torche et recula en titubant ; le démon se détacha du mur. Sa peau était faite de plaques de roche semblable à du verre noir poli. Des stalactites pendaient de son front et de sa mâchoire.

— J'aurais dû apporter un pic ! marmonna Angel en fourrant une main dans son pardessus. Enfin, je suppose que ça fera l'affaire…

Il saisit sa hache de guerre et la fit tourner pour frapper le démon à la poitrine.

Le monstre tendit une main griffue qui aurait fait pâlir d'envie un grizzli. Angel l'évita, empoigna sa hache à deux mains et frappa le démon à la tête.

La lame rebondit sur le crâne, la force de l'impact manquant arracher l'arme des mains du vampire.

Le démon recula d'un pas, et chargea de nouveau. Angel laissa tomber sa hache, encaissa le choc et repoussa le monstre. Il aurait eu moins de mal à déplacer une Buick…

Mais le démon était face contre terre… Angel récupéra son arme.

Il la brandit au-dessus de sa tête et frappa de toutes ses forces entre les omoplates de son adversaire. Mais il ne réussit qu'à l'empêcher de se relever. Il frappa de nouveau. Encore et encore.

Le démon continuait de se redresser… Le cinquième impact eut raison de la hache. Et le vampire avait seulement éraflé l'armure de son adversaire.

Il sauta sur le dos du démon, espérant lui briser la nuque. Il lui prit la tête à deux mains et essaya de la faire tourner d'un coup sec ; autant vouloir manier le volant d'un bus pris dans le ciment…

Quelque chose frappa Angel sur la nuque, l'assommant à demi. Mais il ne lâcha pas prise.

Le deuxième coup l'atteignit à l'épaule, lui engourdissant le bras. Il se retourna pour affronter son nouvel agresseur… Il crut d'abord que c'était un serpent géant, mais s'avisa que le démon avait une queue ; de deux mètres de long, elle était aussi épaisse qu'un poteau télégraphique. L'extrémité ressemblait à une bêche en roche noire brillante.

La queue du démon frappa de nouveau ; Angel tomba à genoux. Des griffes lui saisirent le poignet gauche, d'autres se refermèrent sur son épaule droite.

Une onde de choc remonta le long de son bras et lui traversa la poitrine. On devait éprouver la même chose en saisissant une ligne à haute tension ou en ayant une crise cardiaque – une simple supposition, puisque son cœur ne battait plus depuis deux cents et quelques années.

Il sentit ses os vibrer, ses muscles se tétaniser… Quelques secondes de plus, et ses dents éclateraient…

Son bras droit était libre. Angel saisit le poignet du démon et l'écarta de son épaule. Ils se tenaient maintenant chacun par un poignet.

Le vampire rassembla ses forces et plongea sur le côté, entraînant le démon avec lui. Les poings de la créature heurtèrent la terre meuble du tunnel.

Angel cessa de trembler, et le sol prit la relève. Le vampire savait qu'il était plus facile d'ouvrir les vannes d'une force magique que de les fermer.

Il se félicitait encore de son ingéniosité quand le tunnel s'effondra.

CHAPITRE II

— Enterrés vivants…, gloussa Darla. C'est *terrible* !

Les deux vampires revenaient de leur promenade dans les ruines de Lisbonne. Ils avaient festoyé d'une bande de pillards qui, mal inspirés, prétendaient les détrousser. Darla s'était régalée, mais Angélus les avait trouvés trop gras.

Et maintenant… ils avaient envie de s'amuser.

Angélus ramassa un bout de bois, retourna à l'endroit qu'il avait dégagé et racla le sol.

— Salut, en bas ! Etes-vous toujours en vie ?

— Oui ! Je vous en prie, sortez-nous de là !

— Patience, mes amis ! Travailler sous ce soleil brûlant est très dur. (Il sourit de sa plaisanterie.) Mais nous aurons bientôt dégagé la trappe. En attendant, parlez-nous de vous.

— Que… que voulez-vous dire ?

— Eh bien, êtes-vous des nonnes ou des putains ? L'ardeur de mes hommes dépendra de votre réponse…

Darla se couvrit la bouche pour étouffer son éclat de rire.

— Ni l'un ni l'autre, monsieur. Nous sommes de simples paroissiens. Le prêtre pensait que nous serions en sécurité, ici…

— Et où est le bon père ?

— Il… n'a pas été assez rapide. Le plafond s'est écroulé…

— Mais vous avez couru comme des lapins… sans écarter le bon père de votre chemin, j'imagine…

— Non ! Je le jure… !

— Quel est votre nom, ma chère ?

— Maria.

— Et vos deux amis ? Pourquoi ne les ai-je jamais entendus ?

— Francesco est blessé, et Estrellita coincée sous une poutre…

— Et vous ?

— Je crois que j'ai un bras cassé.

— Eh bien, il faut voir le bon côté des choses… Il vous en reste un. (Angélus joua avec son morceau de bois.) Feriez-vous une chose pour moi ?

— Tout ce que vous voudrez !

— Chantez.

— Quoi ?

— Chantez une chanson pour que mes hommes aient plus de cœur à l'ouvrage.

— Ma gorge est si sèche…

— Plus vous chanterez, plus vite vous serez libre.

— Et que dois-je… ?

— As-tu envie d'entendre une chanson en particulier, ma douce ? demanda Angélus à Darla.

— Pourquoi pas l'*Ave Maria* ?

— Ce n'est pas génial pour travailler ! Connaissez-vous des chansons à boire irlandaises ?

— S'il vous plaît… J'ai si soif…

— Alors un hymne est plus approprié. Nous en chantions un à l'église… Même si je n'y allais pas régulièrement… *Le Seigneur notre Dieu est berger…* Allez, chantez avec moi !

— Loué sois-Tu mon Dieu, Toi qui nous donnes…

— Plus fort !

Angélus tendit la main à Darla.

— Veux-tu danser ?

Ils rirent alors que la voix tremblante montait du sol.

Le souvenir de cette voix résonnait dans la tête d'Angel quand il reprit connaissance. Il pouvait sentir Lisbonne en proie aux flammes…

Sauf que ses narines étaient pleines de terre.

Respirer étant facultatif pour un vampire, ce n'était pas un problème. En revanche, il était enterré « vivant ». Mais la terre meuble qui le couvrait lui apprit qu'il n'était pas loin de la surface.

Tout en se dégageant, il repensa à Darla, se remémorant la première fois où il avait dû s'extirper des entrailles de la terre… De sa propre tombe…

Angel se souvint de sa panique quand il avait repris conscience dans un cercueil, persuadé d'être victime d'une erreur. Il avait martelé le couvercle et lutté contre le poids de la terre fraîchement retournée. Sa force surhumaine avait vite eu raison de l'un et de l'autre et il s'était retrouvé à l'air libre. Même si son corps n'avait plus besoin d'oxygène, son cerveau l'ignorait encore. Ses poumons l'avaient fait souffrir.

En ce temps-là, il ne faisait pas la différence entre vouloir une chose et en avoir besoin. Ce qu'il convoitait, il le prenait. S'il désirait boire ou lutiner une femme, il ne s'en privait pas. Et devenir un vampire n'avait rien changé à ses habitudes.

Quand il avait retrouvé son âme, tout était devenu différent.

Il n'avait plus désiré qu'une chose : être débarrassé de la culpabilité qui le rongeait. Comprenant que c'était impossible, il avait voulu souffrir. Non… il en avait eu *besoin*. Besoin de racheter les atrocités qu'il avait commises. Et pendant cent ans, il avait vécu comme un animal, dormant dans les égouts et se nourrissant du sang des vermines.

Il lui avait fallu un siècle pour sortir du trou...

A présent, Angel faisait la différence entre ce qu'il désirait et ce dont il avait besoin. Comme tout le monde, il voulait être heureux. Mais après un instant de bonheur, la malédiction le priverait de nouveau de son âme et il redeviendrait le monstre Angélus.

En revanche, il avait *absolument* besoin de combattre les forces du mal...

Vingt minutes plus tard, il sortit à l'air libre au milieu d'un terrain de base-ball. Le ciel avait la couleur rosée qui annonce l'aube.

Il prit son téléphone portable, miraculeusement intact, et passa un coup de fil en marchant.

Tout au long du trajet jusqu'au bureau, il ne put se retirer l'hymne de la tête.

— Des « Duppies » ? cria Cordélia, posant son exemplaire de *Vogue* sur le bureau. Euh, oui, je remplace le « y » de yuppies par le « d » de démons... Mais dis-moi, comment les tue-t-on ? En leur enfonçant un catalogue Ikea dans le cœur ?

— En exposant leurs portefeuilles d'actions aux rayons du soleil, proposa Doyle, affalé sur le sofa. Peut-être faut-il brandir une rivière de diamants au lieu d'une croix...

— Très drôle, répondit Angel. Démons ou pas, ils ont un problème.

— Et alors ? répliqua Cordélia. Ce sont des *démons*.

— Je te rappelle qu'un tremblement de terre menace la Californie... Toi comprise.

— Euh… Tu marques un point, Angel. Si Hollywood disparaissait, ce serait mauvais pour ma carrière.

— Pour des démons, ils me semblent plutôt normaux, dit Doyle.

— « Normaux » ? cria la jeune fille. Et que fais-tu de leur langue fourchue ? Pitié, Doyle !

… *pitié*…

— … n'est-ce pas, Angel ? demanda Doyle.

— Pardon ? Je… n'écoutais pas.

— Je disais qu'on ne juge pas un livre à sa couverture. Ni un démon à sa langue. A propos de langue, Angel, que comptais-tu leur dire s'ils te surprenaient à fouiner chez eux ?

— Oh, j'avais trouvé une excuse parfaite. Je…

— Ridicule ! coupa Cordélia. Si les couvertures des livres n'étaient pas importantes, pourquoi les éditeurs prendraient-ils la peine d'engager des artistes et des graphistes ? Si ça ne changeait rien, tous les livres se ressembleraient… !

— Tu as raison, Cordy, dit le vampire. J'aimerais en savoir plus sur l'une et l'autre de ces races. Je ne veux pas me mêler d'une guerre en ignorant tout, et prendre le risque de me tromper de côté.

— Je vote pour celui où il n'y a pas de démons ! dit la jeune fille.

— Ce camp inclut-il les vampires ? demanda une voix de ténor. Ou uniquement ceux qui ont une âme ?

Galvin franchit le seuil.

— Qui êtes-vous ? demanda Cordélia.

— Voici notre client, dit Angel. Permettez-moi de vous présenter mes associés, Doyle et Cordélia.

— Doyle ! Un nom irlandais, dit Galvin en serrant la main du demi-démon. Ça signifie « sombre étranger » ou « nouvel arrivant ». Mais cette deuxième définition me va mieux, je crois.

Il se tourna vers Cordélia.

— Et Cordélia. Encore un nom d'origine celte. Il signifie « joyau de la mer ».

La jeune fille fronça les sourcils. Devait-elle se laisser amadouer ?

— Eh bien, vous vous êtes entouré de compatriotes, Angel. J'avoue que ça me donne encore plus confiance. Mais parlons argent…

Il sortit un chéquier.

— C'est très bien…, commença Angel.

— Oui, coupa Cordélia. Je dirais même que c'est parfait. Nous acceptons les chèques, bien sûr. Notre politique, c'est de demander à être payés d'avance. Nous travaillons mieux quand nous n'avons pas à nous soucier des notes de frais.

— Evidemment, dit Galvin.

Il remplit un chèque et le tendit à la jeune fille.

— J'espère que cet acompte suffira.

Cordélia jeta un coup d'œil à la somme.

— C'est parfait !

Elle ouvrit le tiroir du bureau, y déposa le chèque, puis croisa les mains et sourit à Galvin.

— Et maintenant… Que pouvons-nous pour vous ?

— Angel m'a appelé pour me raconter ce qui s'est passé. Je voulais vous rendre une visite… et vous inviter.

— Ce n'est pas nécessaire, dit le vampire. Une fois qu'on m'a permis d'entrer dans une maison, je peux y pénétrer…

— Vous n'y êtes pas, coupa le Serpentine en riant. Je venais vous inviter… à la fête du Domaine du Pommier, ce soir. Nous serions très heureux de vous y voir, car nous aimerions mieux vous connaître.

— C'est très gentil, Galvin, mais…

— … mais nous ne pouvons pas venir les mains vides, coupa Doyle.

— Eh bien, nous sommes amateurs de bons vins. Et nous ne disons jamais non au whisky.

— Alors nous acceptons votre invitation.

— Excellent ! (Galvin étouffa un bâillement.) Veuillez me pardonner. Je dois rentrer. Le jour, j'ai du mal à garder les yeux ouverts. Par bonheur, mon chauffeur est humain… Moi, je m'endormirais au volant. A ce soir, donc.

Il les salua et partit.

— Eh bien, c'est…, dit Angel.

— Quoi ? demanda Doyle.

— J'attendais que l'un de vous finisse ma phrase, dit Angel. Vous semblez doués à ce jeu-là.

— *Iiiiiie !* cria Cordélia.

Doyle bondit et Angel se retourna, prêt à tout.

La jeune fille brandissait le chèque.

— Avez-vous vu cette somme ? Oh, mon Dieu !

— Ta réaction est un peu tardive, Cordy, dit Doyle.

— Pas du tout ! Je l'ai intériorisée jusqu'à son départ. Je suis une actrice, tu sais.

— Je ne suis pas sûr que sympathiser avec des clients soit une bonne idée, dit Angel.

— N'y pense pas en ces termes, répliqua Doyle en reprenant place sur le sofa. Dis-toi que tu vas effectuer des recherches. Puisque nous devons en apprendre davantage sur les Serpentines, c'est l'occasion rêvée !

— Quand je parlais de recherches, je pensais passer quelques heures le nez dans des bouquins.

— Oh non, souffla Cordélia. Tu n'as que deux solutions aux problèmes qui se présentent : la lecture et le combat. Tu es le Bruce Lee des rats de bibliothèques ! Prends le temps de t'amuser un peu. Sortir ne te fera pas de mal… Et ce chèque est une raison amplement suffisante de faire la fête, crois-moi !

— Je préfère faire des recherches un verre à la main, ajouta Doyle. Alors, qu'en dis-tu ? A nous trois, nous devrions…

— Minute, Doyle. J'espère qu'en disant « à nous trois », tu parles d'Angel, de toi-même et d'un ami imaginaire. Parce qu'il n'est *pas question* que j'aille à une fête donnée en sous-sol par une bande de boas constrictors ! Je veux bien encaisser leur argent… Mais si un nouveau tremblement de terre nous emprisonnait avec eux sous terre ? Je deviendrais un « sandwich Cordélia » en moins de temps qu'il n'en faut pour le dire !

— Elle a raison, dit Angel. Je refuse de mettre vos vies en danger.

— L'un de nous est obligé d'y aller, insista Doyle. Bien sûr, comme c'est toi qu'ils ont engagé, tu dois y faire une apparition. Mais je te connais, si tu y vas seul, tu leur feras ton numéro du type qui observe dans son coin, l'air pas à son aise du tout… et tu n'apprendras rien. Moi, je sais comment m'intégrer à une foule. Donne-moi un verre ou deux, de la bonne musique, et je saurai tout sur tout le monde en moins d'un quart d'heure.

— Bien, alors toi et moi…

— Et je n'y vais pas sans Cordélia.

— *Quoi ?* s'écria Cordy.

— Ça va être drôle ! Si nous y allons avec toi, nous en apprendrons bien davantage. Personne ne résiste à tes grands yeux, tu sais.

— Eh bien…

— C'est réglé, dit Doyle. Ce soir, nous jouons l'intégration !

— Je vous retrouve plus tard, les gars ! lança Cordélia, qui se leva et prit son manteau.

— Où vas-tu ? demanda Angel.

— Me préparer, bien sûr.

— Cordélia, il est deux heures de l'après-midi !

— Puisque je dois vous accompagner à cette… fête de démons, parfait ! Mais démons ou pas, ils ont des goûts vestimentaires très sûrs. Alors, à moins que tu veuilles qu'il me traite comme la serveuse du Burger World du coin, laisse-moi faire. Je dois m'acheter des chaussures et une robe, aller chez le coiffeur, tout ça sur le salaire de misère que tu me donnes ! Il me faut le reste de la journée, au minimum, pour ne pas avoir l'air d'une représentante de l'Armée du Salut.

— Euh… d'accord…

Cordélia partie, Angel se tourna vers Doyle.

— Tu n'avais pas besoin de la forcer à venir.

— Cool ! répondit Doyle en se levant. Tu sais aussi bien que moi que tous les démons ne sont pas méchants… Mais Cordélia n'est pas de cet avis. Si je pouvais lui prouver que certains ne sont pas des mauvais bougres, elle acceptera peut-être de sortir avec l'un d'eux.

— Tu n'es qu'à moitié démoniaque, Doyle !

— Comme si ça faisait une différence ! « *Cordy, seul un côté de ma famille vient du fin fond de l'Enfer, mais fêter Thanksgiving avec tes parents me semble une meilleure idée.* » Pas de doute, elle adorerait ça !

— Doyle, tu ne lui as jamais demandé de sortir avec toi et tu planifies déjà vos vacances !

— Il n'est jamais trop tôt pour faire des projets, même dans une relation sans avenir, grommela le demi-démon en fourrant les mains dans ses poches. Je ne vois pas comment je pourrais sortir avec Cordy autrement qu'en rêve…

— Un jour, il faudra que tu lui avoues la vérité.

— Je sais. Laisse-moi un peu de temps…

Une jeune Serpentine blonde, vêtue d'une courte robe noire, les accueillit à l'entrée du complexe.

— Bonsoir, je m'appelle Kyra.

Elle les invita à la suivre dans l'ascenseur. Quand les portes se furent refermées, elle introduisit une clé dans le panneau de contrôle.

— Nous menons une existence secrète. Nous louons les étages supérieurs à des humains, mais nous faisons attention de ne jamais prendre l'ascenseur avec eux.

Les portes s'ouvrirent au premier étage habité par les Serpentines.

— La fête a lieu chez Galvin, continua Kyra en les guidant le long d'un couloir. Attendez de voir son appartement… c'est époustouflant !

— Ne craignez-vous pas que vos locataires entendent le bruit des… festivités ? demanda Angel.

— Aucun risque ! Nous avons une isolation sonore digne des meilleurs studios.

Cordélia regarda Angel de manière éloquente. Le vampire savait ce qu'elle pensait.

Si personne ne peut entendre la musique, alors personne ne les entendra assassiner leurs invités…

Galvin les accueillit à la porte d'entrée.

— Angel, Doyle, Cordélia ! Je suis heureux que vous soyez venus ! Entrez… Je vais vous faire visiter.

L'appartement était grand. Au moins sept pièces.

Galvin leur montra fièrement ses acquisitions : un Picasso, un Van Gogh et un Rembrandt dans le salon, un lit Louis XIV dans la chambre principale. La bibliothèque contenait des premières éditions de

Dickens, de Poe et de Twain. Même la salle de bains, avec son vase Ming, n'était pas en reste.

Une fois effectué le tour du propriétaire, Galvin s'excusa :

— Je suis là, à exhiber mes petits trésors, et vous n'avez même pas un verre à la main pour y noyer votre ennui ! Venez, nous allons remédier à ça.

Le bar, un meuble en teck, occupait presque tout un mur.

— Que voulez-vous boire ? Nous avons une collection de single malt, de scotch ou de whisky. A moins que vous ne préfériez du vin ou de la bière ? Nous avons de la Guiness à la pression…

— Euh, nous vous avons apporté un petit quelque chose, dit Doyle en lui tendant une bouteille emballée dans un sac en papier.

Galvin la prit et y jeta un coup d'œil.

— Merci beaucoup. Nous la garderons pour une autre occasion, si vous voulez bien.

Doyle regarda autour de lui. Tout le monde était jeune, beau et bien habillé.

Ailleurs qu'à Los Angeles, se dit-il, *j'en aurais la chair de poule*.

Maureen, la Serpentine qu'Angel avait rencontrée la veille, vint vers eux. Elle portait une robe jaune pâle, avec des émeraudes au cou et aux oreilles.

— Bonsoir ! dit-elle.

Angel lui présenta Doyle et Cordélia, qui la saluèrent. Galvin s'excusa quand de nouveaux invités arrivèrent, les laissant tous les quatre.

— Donc… vous êtes un démon ! lança Cordélia. Comment est-ce ?

— Ce qu'elle veut dire, intervint Doyle, c'est qu'elle… euh… elle n'a aucune expérience des…

Maureen éclata de rire.

— Je comprends. Nous passons beaucoup de temps en marge de la société et un peu d'honnêteté est toujours rafraîchissante. (Elle but une gorgée de vin blanc.) En toute sincérité, je dois avouer que c'est effrayant.

— Je vous comprends, dit Doyle. Vous devez redouter la réaction des gens s'ils savaient la vérité… Mais nous ne sommes pas là pour mener un interrogatoire.

— En fait, j'ai quelques questions à poser à Galvin, dit Angel. Si vous voulez bien m'excuser…

Il s'éclipsa.

— Ce bon vieil Angel… S'il était plus tendu, il pourrait faire fonctionner une horloge !

— Nous avons l'habitude, dit Maureen. De ce genre d'attitude, je veux dire. Nous sommes tous accros au travail.

— Et que faites-vous, au juste ? demanda Cordélia.

— Je suis représentante de commerce pour Neiman-Marcus.

Les yeux de Cordélia s'écarquillèrent.

— Quel département ?

— La mode féminine.

— Je parie que vous avez un gros pourcentage…

— Bien sûr. Vous devriez voir la nouvelle collection…

La conversation passa à la mode. Après deux minutes, Doyle s'excusa à son tour, prétextant de devoir aller aux toilettes.

Maureen et Cordélia ne l'entendirent même pas.

— Galvin, les Serpentines sont-ils tous d'origine irlandaise ? demanda Angel.

— Oui…, répondit-il avec un fort accent irlandais. (Il reprit le verre qu'il avait posé sur le piano à queue blanc.) Mais c'était il y a longtemps. Depuis notre exil, aucun de nous n'a remis les pieds sur le sol de nos ancêtres. Comme vous, nous ne pouvons pas aller là où nous n'avons pas été invités.

— Et vous allez me dire que vous avez été bannis par saint Patrick ?

— Bien sûr, qui d'autre ? Nous avons émigré en Amérique, la terre de toutes les libertés.

— Au ve siècle ?

— Après quelques détours… Si j'ai bien compris, vous en avez fait aussi.

— J'ai… eu ma part de voyage.

L'odeur des citronniers mêlée à celles du bois brûlé et de la chair en décomposition... Les cris des mouettes se disputant les cadavres…

— Oui, vous étiez plutôt… célèbre, en Europe. Ou plutôt, Angélus l'était.

— Ce n'était pas moi ! s'écria Angel.

— Je sais. Et je vous présente mes excuses. Mais je dois être honnête. Nous savons tout ce qu'il y a à savoir sur votre passé, et nous sommes conscients que c'est de l'histoire ancienne. Nous ne vous jugeons pas sur la réputation horrifiante d'Angélus mais sur celle que vous vous êtes faite depuis que vous avez retrouvé votre âme. Nous ne sommes pas les premiers démons à qui vous venez en aide… Nous ne l'ignorons pas… Mais nous comptons être les plus reconnaissants.

— C'est… très gentil. Merci.

— De rien. Les fondements d'une amitié sont simples : on pardonne à l'autre de ne pas être parfait et vice versa.

— Nous avons tous besoin d'être pardonnés.

— Pardonnez-moi mon Père parce que j'ai péché !

ricana Angélus. Allez ! Je suis sûr qu'une bonne catholique comme vous doit connaître ça par cœur !

La voix, sous le plancher, était plus faible.

— P-pardonnez-moi, mon Père...

La femme se tut.

— Allez ! Comment vous administrer les derniers sacrements si vous ne vous confessez pas ?

— Dis-lui que tu es le pape, suggéra Darla. Au point où elle en est, elle te croira.

— Maria ? appela le vampire. Etes-vous toujours là, très chère ?

— P-pourquoi aurais-je besoin des derniers sacrements ? Je... je croyais que vous alliez nous sortir de là...

— Simple formalité, ma chère. Au cas où nous échouerions. Vous ne voudriez pas passer l'éternité à rôtir en Enfer, n'est-ce pas ?

— Non...

— Alors confessez-vous !

— Je... me suis disputée avec ma mère... Je lui ai manqué de respect quand elle m'a demandé de faire la lessive...

Darla renifla de dédain.

— Une dispute pour des chiffons ! Comme c'est ennuyeux !

— Chut ! fit Angélus.

— Et maintenant je... j'ignore...

— Vous ignorez si vous la reverrez... ou si elle est morte furieuse contre sa fille ingrate qui refusait de faire la lessive. C'est bien ça ?

Un sanglot étouffé lui répondit.

Angélus se releva avec un sourire satisfait.

— Tu vois, Darla, ce ne sont pas les gros péchés qui dévorent l'âme et le cœur, mais les détails insignifiants...

Doyle s'était perdu.

C'était ce qu'il répondrait à tout Serpentine qui lui demanderait ce qu'il fabriquait dans des couloirs où il n'avait pas à venir fourrer son nez.

L'expérience le lui avait appris : les riches avaient toujours quelque chose à cacher. Parfois, juste un bon gros tas de billets… mais pas toujours. L'illégal, l'immoral, voire l'écœurant, avaient aussi leur rôle à jouer. Les Serpentines étaient passés de « nous menons une existence secrète » à « nous voulons être vos amis », bien trop vite au goût du demi-démon.

Il était temps d'aller fureter… et avec un peu de chance, il épaterait Cordy.

— C'est impressionnant, dit Cordélia. Comment avez-vous dit que ça s'appelle ?

— Lagavulin, répondit Maureen.

Elles étaient au bar. Un jeune Serpentine, Ian, les servait. De l'avis de Cordélia, il ressemblait à Sting, avec de plus beaux cheveux. Il portait un costume Armani anthracite, l'air parfaitement cool.

— Je ne suis pas habituée aux alcools forts, dit Cordélia. Je préfère un verre de vin blanc léger. Mais ça, c'est très bon… Combien avez-vous dit que ça coûtait ?

— Environ deux cents dollars la bouteille. Mais Galvin a des trésors dans sa cave, je vous assure… Essayez ça : du Glenfargus. Il est plus vieux que vous !

Cordélia but une gorgée.

— Ouah ! C'est… lisse… Est-ce le terme exact ou y a-t-il une terminologie particulière chez les amateurs de whisky ? Il descend facilement !

— Oui, répondit Ian avec un sourire. Sans aucun doute…

Doyle avait longé trois corridors avant d'atteindre une salle marquée « Dépôt ». Elle n'était pas fermée.

Le demi-démon eut l'impression de se trouver dans un entrepôt de pièces à conviction. Tout y était étiqueté et enfermé dans des sacs.

Mais il ne s'agissait ni de drogues ni d'armes. Les objets étaient si hétéroclites qu'il ne voyait pas quel lien existait entre eux. Il ramassa un ours en peluche. L'étiquette disait : « S. POWELL, 25/12/57 ».

— Plutôt en retard, le cadeau de Noël…

Un nom et une date… Il examina un jean, la photo encadrée d'une vieille dame, un livre de cuisine…

Quel est le lien ?

Alors, il entendit un bruit de pas.

— Gluck ? demanda Galvin.

— Gluck est bon, répondit Angel, après réflexion. Surtout son *Armide*. Mais la *Symphonie Numéro 22 en mi-bémol* de Haydn reste une de mes favorites.

Galvin était au piano ; il joua quelques notes.

— J'étais là quand Haydn a été nommé Kapellmeister du prince Esterhazy, en 1761, dit-il. Ça a fait du bruit.

— Vous êtes plus vieux que vous n'en avez l'air.

— Mais pas aussi bien conservé que vous. Une longue vie… encore une chose que nous avons en commun. Mais au contraire des vampires, nous vieillissons. Nous devons muer pour continuer à paraître jeunes. J'ai gardé ma peau actuelle, histoire de vieillir… Un patriarche doit avoir un physique adapté à son rôle, ne croyez-vous pas ?

— Oui, l'âge qu'on fait a son importance, concéda

Angel. J'ai vu Mozart quand il effectuait sa première tournée européenne. Il avait six ans. Seize ans plus tard, Beethoven a fait sa première tournée et on a prétendu qu'il avait six ans… Il en avait huit. (Il secoua la tête.) Dans le show-business, les gens mentent toujours sur leur âge…

Les pas s'éloignèrent.

— Il est temps de décamper, marmonna Doyle.

Il attendit une minute puis se glissa hors du dépôt.

Quand il revint dans l'appartement de Galvin, personne ne semblait s'être avisé de son absence. Le demi-démon se demanda s'il devait se sentir soulagé ou insulté.

Une chose était claire : il n'appartenait pas à ce monde.

Les Serpentines souriaient et écoutaient poliment chaque fois qu'il se mêlait d'une conversation. Mais ses hôtes et lui ne parlaient pas le même langage. Il ne connaissait rien à la bourse, aux meubles anciens ou aux vignobles. Après avoir essayé cinq fois d'orienter la conversation sur les Dodgers contre les Padres, il laissa tomber.

Doyle n'avait jamais eu le sentiment d'avoir sa place quelque part, même avant de découvrir ses origines. Les gens semblaient sentir qu'il avait quelque chose d'étrange. Ça l'avait poussé à se montrer plus aimable encore. S'il pouvait vider quelques verres en plaisantant à la ronde, les autres n'auraient pas le temps de le rejeter… Mais personne ne restait en sa compagnie. Il connaissait beaucoup de monde… et avait peu d'amis. Parfois, il rêvait d'avoir un véritable ami. Quelqu'un qui l'accepterait tel qu'il était. Quelqu'un de normal – ni un démon ni un vampire – avec qui il aurait le sentiment d'appartenir à la société.

Et sur qui fantasmes-tu ? Mlle Cordélia Chase, qui ne toucherait pas un démon avec des gants et la permission écrite de sa mère !

Ah, Doyle, tu dois avoir perdu la tête...

Il rejoignit Cordélia au bar. En dépit de son aversion pour les démons, elle semblait s'amuser...

— Vous savez, je n'arrive pas à me décider entre les deux ! Mais j'adore celui-là. Oui, vraiment, je l'adore !

Elle leva son verre et le vida d'un trait.

— Hum, ça a un goût de terre, mais un bon...

— C'est la tourbe, dit Maureen.

— Eh ben, elle sait comme faire le scotch, c'est tout ce que j'peux dire... mais çui-là est bon aussi. Et çui-là. Et çui-là...

— Euh, Cordy ? Combien as-tu bu de verres ?

— Juste quelques-uns ! Pour être sochiable. Pardon...

— Je pense qu'elle a assez bu, dit Doyle aux Serpentines. (Il se tourna vers la jeune fille.) Reste ici, Cordy. Je vais chercher Angel.

— Et où voudrais-tu qu'j'aille ? répondit Cordy en haussant les épaules. Je suis très bien *ici*. Même si *ici*, c'est cinq étages sous terre avec une bande de serpents... Sans vouloir vous offenser.

— Pas de problème, répondit Ian en souriant.

— ... vu le *Messie* de Handel à Londres *et* à Berlin, disait Angel à Galvin quand Doyle apparut à côté de lui. Et à mon avis... Quoi ?

— Cordy est un peu, euh, éméchée, souffla le demi-démon. Je crois qu'il faudrait la ramener.

— Très bien. Il semble que nous devions partir, Galvin. Merci de nous avoir invités ce soir.

— Ce fut un plaisir. Voilà longtemps que je n'avais plus parlé musique avec un connaisseur.

Au bar, Cordélia dit à Maureen :

— J'espère que vous n'avez pas mal pris ma remarque au sujet de la terre… Je comprends qu'elle est très importante pour votre peuple. Et elle l'est pour moi aussi. Sans la terre, il n'y aurait rien pour poser les choses *dessus*. Excepté d'autres choses. Et alors tout devrait être *équilibré*. Et vous savez quoi ? Ça n'est pas aussi facile qu'il y paraît.

Elle tomba de son tabouret.

Angel et Doyle la rattrapèrent à temps.

— Bonne nuit, mademoiselle, dit Doyle en secouant la tête. Quelqu'un pourrait-il nous raccompagner ?

Doyle s'installa avec Cordy sur la banquette arrière de la décapotable d'Angel.

— S'il te plaît, empêche-la de vomir ! dit le vampire. S'il y a une chose qui ne me manque pas du tout, c'est l'odeur de la nourriture recyclée !

— Oh, j'vais bien, souffla Cordélia. Pourrait-on s'arrêter dans un *Wendy's* ? J'veux un de ces hamburgers carrés. Pourquoi il n'y a pas de petits pains carrés, hein ? Et de robots ?

— Quoi ? dit Doyle.

— De robots. *Eux* ont des petits pains carrés.

Elle gloussa.

— Seigneur, Cordy, tu es complètement bourrée ! J'ai pris des cuites et je peux te dire que sur l'échelle des poivrots dont le cerveau a des ratés, tu te situes très haut.

La décapotable filait dans la nuit californienne. Les phares des voitures qui la croisaient jetaient des ombres mouvantes dans l'habitacle.

— J'ai froid, dit Cordélia.

Elle se serra contre Doyle qui passa un bras autour d'elle.

— Tu veux que je demande à Angel de remettre la capote ?

— Non. C'est bon.

Elle leva les yeux et le regarda.

— T'es plutôt mignon. Dans le style irlandais. Tu sais ça ?

— J'ai entendu des rumeurs.

Elle éclata de rire.

— En plus, t'es drôle. J't'aime vraiment bien, Doyle. Dans le genre irlandais.

— Je crois plutôt que c'est dans le genre scotch, Cordy. Mais merci quand même.

Un léger ronflement lui parvint.

Doyle soupira.

CHAPITRE III

Darla et Angélus remontèrent à bord de la péniche pour y dormir, non sans avoir pris quelques précautions. Ils s'éloignèrent du rivage et jetèrent l'ancre dans la baie pour ne pas risquer de visites importunes. Bien sûr, ils pouvaient être abordés, mais les pillards se concentraient plutôt sur la ville.

Avant, le couple infernal avait pris soin de son « trésor enseveli ».

— Maria ? appela Angélus. J'ai de mauvaises nouvelles, ma chère…

— Qu'est-ce qui ne va pas ? Oh, Dieu, vous ne pouvez pas nous faire sortir, c'est ça ?

— Doucement, petite, rien d'aussi dramatique. C'est juste que les Espagnols sont en route.

— Je ne comprends pas…

— L'Espagne profite de cette catastrophe pour tenter de prendre possession du Portugal. Les envahisseurs massacrent les survivants. Nous devons nous mettre à couvert jusqu'à demain. Vous ne voudriez pas qu'ils nous tuent, n'est-ce pas ?

— Non…

— Bien. Nous reviendrons à la nuit tombée. Gardez le silence jusqu'à notre retour. Surtout, n'appelez pas à l'aide…

— *Non !* Vous ne pouvez pas nous laisser ici ! Francesco est mort et Estrellita l'est peut-être aussi. Je vais mourir, comprenez-vous ? *Vous ne pouvez pas nous laisser !*

— Eh bien..., fit Darla avec un sourire méprisant. On dirait que tu l'as poussée au désespoir... Quel dommage ! Les hystériques sont drôles deux ou trois minutes seulement...

— Je n'ai pas fini, dit Angélus, piqué au vif. Maria ! Calmez-vous !

— Vous ne pouvez pas... Vous ne pouvez pas...

— Chut ! Ecoutez et dites-moi ce que vous entendez.

— Quoi ? J'entends... ronger. On dirait des rats en train de ronger du bois...

— Non, c'est un foret. J'aurai bientôt troué le plancher. Voyez-vous le trou que je viens de faire ?

— Oui ! Oui, je le vois !

— Mettez-vous dessous. Je vais verser un peu d'eau...

Angélus prit une gourde et regarda l'eau claire disparaître dans le trou. Tendant l'oreille, il entendit Maria avaler en s'étranglant à moitié. Il sourit.

— C'est bien. Nous ne voulons pas que vous mouriez de soif pendant notre absence...

— Bonjour, Cordy ! lança Doyle.

Cordélia, qui entrait dans l'agence, lui jeta un regard noir à travers ses lunettes de soleil.

— Ne me parle pas ! fit-elle en ôtant son manteau. Ne pense même pas à moi avant que j'aie bu un café !

— Tu sembles... fâchée.

Doyle se passa une main dans les cheveux, l'air gêné.

— Fâchée ? J'ai passé les vingt premières minutes

de la journée à recenser tout ce que j'ai mangé ces douze dernières heures – de manière fort désagréable –, alors ferme-la, veux-tu ?

— La soirée a été dure, on dirait…

— Je l'ignore. La dernière chose dont je me souvienne, c'est d'avoir bu un verre avec un certain Glen. Sommes-nous allés chez *Wendy's* ?

— Quelqu'un l'a suggéré, répondit Doyle. Mais des cerveaux moins embrumés ont rejeté la motion.

— Peu importe. Je me suis réveillée dans mon lit, qui imitait à la perfection une toupie déséquilibrée… Dis-moi, ai-je fait quoi que ce soit… ?

— Quoi ?

— Tu sais… d'embarrassant…

— Eh bien, le strip-tease sur le bar était peut-être exagéré, mais tu t'es rachetée en refusant d'enlever tes sous-vêtements. Ce genre de retenue montre qu'une personne a de la classe…

— Doyle, je te préviens… !

— Tu n'as rien fait de… mal, Cordy. Rien dont tu puisses avoir honte. Je te le jure.

Elle eut un regard soupçonneux.

— Eh bien… Si tu le dis.

Angel entra.

— Bonjour, Cordélia. Comment va ta tête ?

— Ma tête va bien. Mais ne me demande pas de faire quelque chose de bruyant, comme travailler, par exemple.

— Es-tu d'attaque pour des recherches ? Ou le bruit des pages qui tournent te serait-il insupportable ?

— Tu veux dire, lire des trucs sur les démons ? Des descriptions horribles de leurs méfaits, de leurs intentions et de leurs loisirs ? Oh, Seigneur, je devrais aller vomir tout de suite !

— Je pensais plutôt à des recherches sur les liens des Serpentines avec le monde des affaires…

— Je ne plaisantais pas ! Excusez-moi…

Elle sortit précipitamment de la pièce.

Angel haussa les épaules puis se plongea dans son livre.

— Je n'arrive toujours pas à le croire…

— Passe à autre chose, Doyle ! répondit le vampire sans lever les yeux de sa page.

— Mais ça ne m'était *jamais* arrivé ! Et toi ?

Angel releva le nez, considérant la question.

— Qu'une fille s'évanouisse sur mon épaule ? Pas… exactement.

— Expédier une fille dans le monde des rêves pendant que tu la vides de son sang, ce n'est pas pareil, pas vrai ?

— Ecoute, Doyle, elle avait bu. Ça n'avait rien à voir avec ta… virilité. En fait, tu devrais prendre ça comme un compliment.

— Ah, oui ? Comment ça ?

— Elle te fait assez confiance pour se laisser aller avec toi.

Doyle réfléchit puis hocha la tête.

— Je crois que tu as raison.

— Et rappelle-toi… elle ne t'a pas vomi dessus.

— Tu marques un point.

Cordy revint des toilettes.

— Et voilà… fraîche comme une rose. L'un de vous a-t-il un spray à la menthe ?

Angel et Doyle se plongèrent dans des bouquins pendant que Cordélia passait quelques coups de fils. Bientôt, ils en surent un peu plus.

Les Quakedémons, ou « Trembleurs », vivaient sous terre et ne venaient jamais à la surface. Sauf pour enlever les victimes de ce qu'ils appelaient le « Compactage des Ames ». La dernière fois devait remonter en 1920, au Japon… Le rituel avait provoqué un tremblement de terre responsable de cent vingt mille morts.

La fréquence du rituel dépendait de la « Danse des Géants Endormis ». Seuls les Trembleurs savaient de quoi il retournait. Le rituel requérait quatre victimes spécifiques, chacune étant proche d'un des quatre éléments.

— Un être proche de la terre… ça expliquerait qu'ils essaient d'enlever une Serpentine, dit Angel. Mais pas pourquoi ils veulent détruire son foyer.

— Ils n'ont peut-être rien contre les Serpentines eux-mêmes, suggéra Cordélia. Ils étaient au mauvais endroit au mauvais moment… Les tremblements de terre ne font pas vraiment de discrimination.

— C'est juste. Mais je doute que ce soit aussi simple.

— Et je dirais que tu as raison, renchérit Doyle. Surtout quand on sait ce que j'ai déniché hier soir.

— Tu as trouvé un indice ?

— Désolé, Cordy. J'avais oublié que ta mémoire est un peu floue.

— Il a exploré une salle pleine d'objets étiquetés, dit Angel.

— Quel genre d'objets ? Des pattes de singes ? Des têtes dans des bocaux ?

— Non, et c'est ce qui est bizarre, dit le demi-démon. Des objets très ordinaires : vieux jeans, photos, ours en peluche… Ils n'ont rien de malsain, sinon qu'ils sont emballés dans des sachets et étiquetés.

— Les Serpentines sont un peu maniaques, et alors ? fit la jeune fille. Un jour, je suis sortie avec un garçon comme ça. Il cousait des étiquettes dans ses chaussettes.

— A moins que ces objets soient maudits, continua Doyle.

— Oui, pourquoi pas ? « N'enfilez pas ce jean… Il est *maudit* ! Vous aurez l'air gros… *pour l'éternité* ! » Pitié, Doyle… C'est le genre d'idées qu'on a à la télé !

— Que pensez-vous du vaudou ? suggéra Angel. Les serpents figurent en bonne position dans la mythologie des Tropiques. Ils se servent peut-être de ces objets à des fins sympathiques.

— Pour forcer les gens à les prendre en pitié ? demanda Cordélia.

— Non. La magie sympathique utilise un objet ou une photo pour un rituel. Quoiqu'on fasse à l'objet, son propriétaire le ressent aussi.

— A moins que les Serpentines aient simplement du mal à jeter, dit la jeune fille. Je n'ai pas perçu de mauvaises vibrations chez eux…

— Je ne suis pas d'accord avec toi. J'ai eu un drôle de pressentiment.

— Doyle, tu ne t'es pas senti à ta place, voilà tout. Ce n'est pas parce que ces gens apprécient les bonnes choses – et je ne parle pas de bière bon marché ou de télé à la carte – qu'ils sont forcément mauvais.

— Eh ben, ça ! dit le demi-démon. Tu es vite passée de « *ces créatures à la langue fourchue me fichent les jetons* » à « *Allez les Serpents !* ». Angel devrait accepter leur offre, tant que nous y sommes !

— Quelle offre ?

— Ce n'est rien, marmonna l'intéressé.

— Oh, c'est vrai, railla Doyle. Tu étais déjà dans le coma quand Angel en a parlé… Galvin voudrait qu'il devienne leur agent de la sécurité. S'il accepte, il aura son appartement.

— En qualité d'*expert* en sécurité, corrigea Angel.

Et ce ne serait pas à plein temps. Je travaillerais toujours ici… mais je vivrais là-bas.

— Et tu as pris cette proposition au sérieux ? demanda Cordélia.

— Je n'ai pas dit ça. Je précisais simplement les termes de l'offre…

— Tu devrais accepter, coupa la jeune fille.

— Pardon ?

— Réfléchis. Après tout, ils *sont* de ta race.

— Ce n'est pas parce que ce sont des démons…

— Je voulais dire des jeunes, agréables à regarder. Qui sait, ils pourraient même te convaincre qu'il existe d'autres couleurs que le noir…

— Il ne peut pas emménager chez des clients au milieu d'une affaire ! protesta Doyle.

— Ecoutez, fit Cordélia, il n'y a rien de pire que d'être quelqu'un à part. Vous n'avez pas idée à quel point ça a été difficile pour moi, au lycée… Je ne pouvais pratiquement pas *éviter* les ringards.

— Penses-tu que j'aie besoin d'appartenir à un groupe ? demanda Angel.

— Eh bien… oui ! Ce serait différent s'il y avait un site de rencontre sur Internet pour les vampires dotés d'une âme.

— Il y en a plusieurs ! lui apprit Doyle.

— Peu importe ! Angel, c'est sans doute ta seule chance de te faire des copains… Et avoir des copains riches est un sérieux atout.

— D'accord, c'était sympa de pouvoir bavarder avec quelqu'un sans qu'il finisse en poussière, admit Angel. Mais Doyle a raison. Il ne serait pas très judicieux d'emménager là-bas au milieu de cette affaire, avant de connaître le fin mot de l'histoire. Alors… qu'avez-vous trouvé ?

— Au sujet des Serpentines ? demanda la jeune

fille. Pas grand-chose. L'immeuble appartient à une entreprise : le Pommier, qui possède d'autres biens immobiliers. En tout cas, ces gens sont réglos. Pas d'enquête, de poursuites judiciaires ou de soupçons concernant un culte satanique. Bref, ils sont plutôt *clean* pour des démons des affaires.

— Je n'ai pas trouvé grand-chose non plus, admit Doyle, à part une information qui ne me plaît pas. Le serpent dont descendent les Serpentines serait *le* serpent… celui qui a tenté Adam et Eve.

— La moitié des démons de la vallée de San Fernando prétendent la même chose, rappela le vampire. Ça équivaut à prétendre que tes ancêtres sont arrivés à bord du *Mayflower*…

— Je n'ai rien d'autre pour l'instant, admit le demi-démon. Mais j'ai peut-être un début de piste. Graedeker écoule toutes sortes de marchandises magiques. Si un truc a un rapport avec la vente, l'achat et la magie noire, c'est à lui qu'il faut s'adresser.

— Très bien, suis cette piste. Revenons maintenant aux Trembleurs… Ont-ils une faiblesse ?

— Eh bien, dit Doyle, j'ai appris une chose : « Seul ce qui s'oppose à lui peut s'opposer à lui. » Que je sois damné si ça a un sens !

— Ça ne veut rien dire, le rassura Cordélia. C'est comme : « ce que tu manges est mangé » ou « ce que tu achètes en solde est dévalué ».

— Garde quand même cette phrase à l'esprit, dit Angel. J'irai interroger Kate sur les disparitions récentes.

— Et moi, je pars faire des recherches sur le terrain, dit Cordy. Maureen et moi avons rendez-vous pour du shopping… A plus tard, les garçons !

— D'abord, dit Angélus, allons voir notre rat pris au piège.

Il sortit du lit et s'habilla.

Darla fronça les sourcils. Elle était allongée sur les draps, nue.

— Je crois que je suis jalouse. Te soucies-tu plus de cette Maria que de *ça* ? minauda-t-elle, caressant une cuisse parfaite à la peau laiteuse.

— J'avoue que c'est tentant, ma douce… Mais nous savons tous deux où vont mes intérêts.

— Préférer les tortures à l'amour ! Ah, mon chéri, tu es pourri jusqu'à la moelle…

— Certains hommes sont des combattants, d'autres des amants. Moi, je ne suis ni l'un ni l'autre. Juste un salaud *dans l'âme* !

— Très drôle ! Et tu es parfait dans ce rôle… Mais je ne t'avais jamais vu jouer avec une souris si longtemps…

— Je n'ai jamais eu d'animaux familiers, étant enfant… Et c'est si drôle de la tourmenter…

Darla s'étira langoureusement puis se leva.

— Alors, à quoi jouons-nous aujourd'hui ?

— Elle doit être affamée. Or, la faim peut pousser à toutes sortes d'horreurs… Quand je pense que les corps qui sont enfermés avec elle vont être perdus…

Quand ils arrivèrent dans l'église en ruines, d'autres les avaient devancés.

Quatre hommes déblayaient les gravats à la lumière de lanternes, cherchant à dégager la trappe.

— Ah, Maria…, souffla Angélus. Mauvaise fille. Après les avertissements que je t'ai donnés, tu as parlé à des étrangers…

Darla et lui approchèrent. Un Portugais leva la tête en les voyant.

— Vous, là ! Venez nous donner un coup de main ! Il y a des gens coincés là-dessous !

— Le Diable, vous voulez dire, répondit le vampire en lui posant une main sur l'épaule.

Angélus saisit l'homme par la mâchoire et lui brisa la nuque d'un coup sec.

Les autres sauveteurs s'arrêtèrent, stupéfaits.

— Tu deviens bon à ce jeu-là, le félicita Darla.

— J'ai eu un excellent professeur.

Les hommes brandirent leurs pelles et leurs pioches.

— Bandits ! Vous verrez qu'il est moins facile de nous dépouiller que de vous attaquer aux morts !

— Vivants, morts… pour nous, c'est du pareil au même ! lança Darla.

Elle prit son visage vampirique, avant de bondir sur le sauveteur le plus proche.

Angélus recula. Darla avait mérité de s'amuser un peu.

Un monstre à la peau noire comme de l'obsidienne rôdait dans les égouts de Los Angeles.

Seuls les Trembleurs les plus braves étaient choisis pour s'aventurer dans le Monde d'En Haut, avec sa lumière aveuglante et son activité bruyante. Baasalt était l'un d'eux : un prêtre-guerrier de valeur. Soucieux d'être digne de sa mission, il progressait tout en méditant, presque en transe.

Ce n'était pas facile, dans les immondices et la puanteur. Mais Baasalt savait comment rester concentré. L'histoire de son peuple était orale – même s'ils communiquaient par l'esprit plutôt qu'à voix haute – et il se récitait les psaumes sacrés.

A commencer par le plus vénérable : La Première Histoire.

Avant Tout, le Sang bouillonna au Cœur du Monde. Il se fraya un chemin hors du Cœur vers le Corps du Monde, qui était gelé. Il essaya de lui donner vie. Le froid du Corps et la chaleur du Sang se mêlèrent, adoptant une nouvelle forme. Cela donna naissance aux Ig, la Première Tribu, qui régna dans le Corps du Monde.

Insatisfaits, les Ig envoyèrent des guerriers explorer la Peau du Monde. Et ils découvrirent qu'elle était maudite, parasitée par toutes sortes de vermines. L'Obscurité était repoussée par une terrible Lumière. Des forces invisibles troublaient la sérénité du Vide.

Les Ig qui s'aventurèrent à la Surface périrent.

Les autres tournèrent le dos à la Peau du Monde et vécurent en son sein.

Baasalt hocha la tête. Tous les Trembleurs connaissaient par cœur la Première Histoire.

Le prêtre-guerrier s'arrêta sous une grille d'égout et leva la queue. Une fente s'ouvrit sous son appendice. Un filament translucide en sortit et passa entre les barreaux, comme une sorte de ver de terre.

Oui. Il sentait la marque, apposée sur cet endroit. C'était là qu'*elle* vivait. La deuxième à voyager dans le Vide qui Hurlait…

Baasalt attendrait son retour.

Son peuple était le plus patient d'entre tous.

Il songea à l'Habitant-de-la-Peau qu'il avait combattu. Le monstre l'avait traqué, voulant sans doute le… « manger »… Quel concept répugnant ! Et ce n'était pas étranger à la puanteur qui l'entourait…

L'être s'était battu plus férocement que Baasalt ne l'aurait cru. Quand il s'était enterré vivant, le Trembleur avait repris son chemin. En vérité, il s'était senti un peu coupable… Massacrer des bêtes innocentes qui suivaient leurs instincts… il n'y avait pas de quoi être fier.

Baasalt s'assit et se récita la Deuxième Histoire.

Après bien des Ages, une nouvelle tribu apparut au sein du Corps du Monde : les Sedim. C'étaient les fantômes des Ig détruits sur la Peau du Monde, nés de leurs os compactés. Ces spectres vengeurs rendaient les Ig responsables de leurs morts et de l'abandon de leurs os à la Surface.

Les Ig et les Sedim se déclarèrent la Guerre ; le Corps du Monde fut pris de Convulsions gigantesques. La bataille fit longtemps rage et le Corps du Monde fut consumé par la Guerre. Les innombrables morts encombrèrent les tunnels, les grottes et le Grand Espace Noir. Bientôt, il ne resta que la mort. Le Corps du Monde se transforma en Cadavre du Monde.

Mais l'Ame du Monde vivait encore, son souffle étant la vie et la magie. Elle envahit les victimes et transforma les morts grâce à son pouvoir : ce furent les Metamor. Ils allèrent parler aux Ig et aux Sedim de la Fin de la Guerre.

Car les Metamor étaient des Faiseurs-de-Paix.

Les Ig et les Sedim reconnurent la sagesse des Metamor et décidèrent de ne plus se faire la Guerre.

Baasalt passa à la Troisième Histoire.

Les Ig, les Sedim et les Metamor vécurent en harmonie sous le nom de Trois Tribus. Puis ils s'avisèrent que leur nombre décroissait, car ils n'avaient aucun moyen de se reproduire. Les Sedim étaient nés des os des Ig et les Metamor des os des Ig et des Sedim. A travers la Mort, une nouvelle Vie serait possible. Mais les Trois Tribus avaient renoncé à la Guerre.

Perplexes, elles envoyèrent un prêtre-guerrier au Cœur du Monde pour demander conseil.

— Grand Cœur du Monde, dit le prêtre-guerrier, fais-nous profiter de ta Sagesse. Nous voulons vivre et pourtant seule la Mort nous apporte une Vie nouvelle. Que faire ?

— Dans le Ventre du Monde, seule la Mort peut donner la Vie, c'est vrai, répondit Le Cœur du Monde. Mais à la Surface de la Peau du Monde, la Vie suit un chemin différent. Je vous montrerai ce chemin si vous consentez à un grand sacrifice.

— Nous t'obéirons.

— Vos tribus doivent quitter leur foyer et voyager à travers le Corps du Monde. Mais pas ensemble. Chacune ira seule, comme si elle était perdue. Une fois assez éloignées les unes des autres, elles se coucheront dans la Terre et dormiront.

Le prêtre-guerrier revint parmi les siens et fit part aux Trois Tribus des paroles du Cœur du Monde. Les tribus firent ce qui leur avait été conseillé.

Quand les Trois Tribus eurent voyagé loin, elles se couchèrent dans la terre. Leurs cœurs s'emplirent de solitude. Tandis que tous dormaient, leurs corps se gonflèrent de désir et s'épanouirent jusqu'à remplir le Corps du Monde. Leurs rêves parvinrent au Cœur du Monde, criant leurs envies insatisfaites.

— Restez calmes, mes enfants, répondit le Cœur du Monde. Je vous donnerai ce que vous voulez.

Alors les rêves des Trois Tribus ne firent plus qu'un, donnant naissance à la Quatrième Tribu. Ses membres étaient composés des Ig, des Sedim et des Metamor. Un pouvoir leur fut donné sur le Corps du Monde, qui les appela les Trembleurs.

— Merci, Grand Cœur du Monde de nous avoir

donné la Vie ! dirent les Trembleurs. Mais où sont nos parents ?

— Ce sont des Géants qui dorment maintenant au sein du Corps du Monde, répondit le Cœur du Monde. Ils sont devenus le Corps du Monde et vous vivrez à l'intérieur d'eux. Ils dormiront jusqu'au jour où vous aurez besoin d'eux. Alors ils ne se réveilleront pas... Ils danseront. Et la Peau du Monde sera anéantie. La race des Trembleurs se multipliera.

Baasalt sourit, dévoilant des dents pointues, des stalactites. La Troisième Histoire était sa préférée... Bientôt commencerait la Danse des Géants Endormis.

Les Habitants-de-la-Peau ? Des créatures molles et humides ! Elles le dégoûtaient, mais restaient nécessaires au rituel. Le sang de quatre spécimens de la Surface devait être mêlé à celui du Cœur du Monde.

Il en avait toujours été ainsi.

Et il en serait toujours ainsi.

Qui était Baasalt pour s'opposer aux traditions ?

— Kate, dit Angel, auriez-vous une minute à m'accorder ?

L'inspectrice Kate Lockley leva les yeux de ses dossiers.

— Angel... Je ne demande qu'à oublier tout ce qui a trait aux formulaires en trois exemplaires !

Elle écarta une mèche de cheveux blonds de ses yeux, s'adossant à son siège.

— Que se passe-t-il ?

Angel s'installa face à la jeune femme.

— Je me demandais... Accepteriez-vous de me fournir certains renseignements ?

— Ça dépend. De quel genre... ?

— A propos de disparitions.

— Pas de problème. Qui recherchez-vous ?

Angel hésita.

— Je ne recherche pas une personne en particulier… Mais quelqu'un qui travaille dans un certain domaine.

— Le sexe ?

— Non, un truc plus… élémentaire. Le feu, pour être exact.

— Un incendiaire disparu ?

— Pas nécessairement…

Kate fronça les sourcils puis tapa sur le clavier de son ordinateur, introduisant un mot clé.

— Commençons les recherches par secteur d'activités, dit-elle. Si on commençait par les combattants du feu ?

— Notre homme pourrait être un pompier… Quand a-t-il disparu ?

— Pas « il », mais « elle », Sherlock. Elle a disparu il y a deux semaines, laissant sa voiture sur le parking de la caserne. Aucune piste. Aucun suspect. Aucune raison qui puisse expliquer sa disparition.

— Puis-je avoir son nom et son adresse ?

— Je ne devrais pas, mais… d'accord. Si on vous le demande, je ne vous ai jamais donné ces renseignements.

Kate écrivit le nom et l'adresse de la disparue sur un bout de papier et le tendit au vampire.

— Autre chose ?

— Eau.

— Il y a une fontaine, au bout du couloir…

— Non, je cherche également une personne disparue qui aurait un lien avec l'eau.

Elle lui jeta un regard sceptique.

— Un lien avec l'eau ? Ça peut être n'importe qui, d'un plombier à un vendeur de matériel de surf ! Pour la recherche précédente, j'ai tapé « feu » et le logiciel s'est chargé du reste. Si je tape « eau », il manquera la plupart des secteurs d'activité… Il va falloir que je consulte les dossiers un par un.

— J'apprécierais beaucoup, si vous pouviez faire ça pour moi… Et pendant que vous y êtes…

— Laissez-moi deviner. Des disparus connectés à l'air et à la terre… Je me trompe ?

— Non. Si je peux faire un truc pour vous remercier…

— Une invitation. Un dîner servi avec un bon vin.

— Un dîner, ça me convient parfaitement.

— Je vous appellerai dès que j'aurai terminé. Y a-t-il autre chose ?

— Eh bien, j'avais une question…

Angel se frotta la nuque, pas vraiment à l'aise.

— Appartenez-vous… à un groupe quelconque ? demanda-t-il.

Kate haussa un sourcil.

— Que voulez-vous dire ? Un groupe comme la Scientologie ? Ou dans le genre des Supremes ?

— En fait… n'importe quel genre ! Un groupe de paroissiens, un fan club, une fraternité… N'importe quelle communauté d'intérêts, disons, où des gens se réunissent parce qu'ils ont des choses à partager.

— Eh bien, laissez-moi réfléchir… Il y a le Cercle d'Appréciation des Inspectrices, qui se réunit tous les mercredis. Le Club de Couture de la police, le week-end. Et bien sûr, la chorale.

— Vous faites partie d'une chorale ?

Kate soupira.

— Je plaisantais, Angel. Le seul club auquel j'appartiens, c'est l'Association des Officiers de Police et je n'ai encore jamais mis les pieds dans une assemblée. Etre inspecteur *et* femme me tient à l'écart. Je n'ai ma place dans aucun des deux vestiaires, si vous voyez ce que je veux dire.

— Oui, répondit Angel. Je crois que je vois.

Darla les tua tous.

Quand elle eut fini, Angélus applaudit.

— Bravo ! Encore !

Darla lui fit une petite révérence.

— Heureuse que tu apprécies ! Mais de plus en plus d'hommes comme ceux-là vont venir… J'ai peur que ta petite mise en scène doive s'achever rapidement.

Angélus soupira.

— Tu as raison… Au moins, ils ont fait presque tout le travail avant que tu ne les « récompenses » à ta façon…

La trappe était presque dégagée. Le vampire retira les gravats que les sauveteurs n'avaient pas eu le temps d'enlever, laissant seulement une grosse poutre en chêne en travers, afin de garder la jeune fille prisonnière.

— Maria ! Etes-vous toujours parmi les vivants ?

Silence.

— Morte ? fit Darla. Ce serait une honte qu'elle…

— Je ne crois pas, coupa Angélus. J'ai peur que ma chère Maria n'ait découvert mon jeu et qu'elle ne veuille plus jouer avec moi. Comme si elle avait le choix…

Il se pencha vers la trappe.

— Maria ? Je sais que vous m'entendez, ma chère. Et dans un instant, vous verrez mon visage. N'est-ce pas *magnifique* ?

— Partez…

Le vampire éclata de rire.

— Oh, on dirait qu'on a changé d'avis… Vous venez de passer six jours dans le noir et vous décidez soudain que je ne suis pas assez bien pour vous ? Qu'est-ce qui a pu vous mettre ça dans la tête ?

— Où est Ernesto ? Je veux lui parler !

Angélus baissa les yeux sur l'homme à qui il avait brisé la nuque.

— Ernesto, c'est ça ? Il… fait une petite pause…

— Vous l'avez tué.

— En fait, c'est pire, dit Angélus. Ernesto n'a jamais existé. Je l'ai inventé, désolé… Comme vous-même avez menti au sujet de Francesco et d'Estrelitta, n'est-ce pas, Maria ? Ils sont morts depuis le début. Mais vous vous êtes dit que nous travaillerions plus dur si nous pensions sauver trois personnes au lieu d'une…

— Vous êtes le Diable.

Sa voix était tellement dénuée d'émotion qu'elle aurait aussi bien pu être en train de parler du temps.

— Non, mais j'ai joué aux cartes avec lui, une fois ou deux ! répondit le vampire. Il n'est pas aussi bon à ces jeux-là qu'il veut le laisser croire. Moi, je ne perds jamais.

— Partez. Vous n'aurez jamais mon âme.

— Votre âme ? Que ferais-je d'une chose aussi *insignifiante* ? Tout ce que je veux, c'est votre *esprit*.

Il saisit à deux mains la poutre en chêne et la traîna de côté.

— Prête ou pas, me voici ! annonça-t-il.

Il ouvrit la trappe.

CHAPITRE IV

— Je vais te dire ce que je pense, fit Doyle.

Angel et lui traversaient en voiture la zone est de Los Angeles.

— Ces Trembleurs... Ils ne peuvent pas être la boule la plus brillante de l'arbre de Noël, intellectuellement parlant.

— Comment ça ?

— Eh bien, ils sont en pierre, pas vrai ? Donc leurs cerveaux aussi.

— Je ne te suis pas.

— Dois-je te faire un dessin ? Des pierres dans la tête... C'est une métaphore universelle pour les simples d'esprit, voyons !

— Un raisonnement bourré de préjugés, tu ne crois pas ?

— Ah, oui ?

— Tu ne peux pas attribuer une qualité stéréotypée à une espèce !

— Comme dire que tous les vampires boivent du sang, par exemple ?

Angel fronça les sourcils.

— C'est *exactement* ça ! Je bois du café et j'apprécie un bon single malt autant que toi... Mais tout ce que tu retiens, ce sont les rhésus, les A, O, ou AB !

— D'accord, tu marques un point. On ne serait pas un peu susceptible, aujourd'hui, par hasard ?

— Et je ne parle pas non plus avec un mauvais accent transylvanien.

— D'accord, j'ai compris ! Seigneur, on dirait qu'on s'est levé du mauvais côté du cercueil, ce matin.

— Très drôle. Je devrais peut-être porter une cape.

— Ça dépend. Parle-t-on toujours de Dracula, ou est-ce Batman, maintenant ?

— Nous y sommes.

Angel ralentit et se gara. Des enseignes lumineuses vantant des marques de bières éclairaient la vitrine d'un petit bar.

— Puisque j'ai heurté tes sentiments en laissant entendre que tu n'étais qu'un monstre buveur de sang…

— Tu n'avais pas dit *monstre*…

— … je vais me racheter en te payant un verre de leur meilleur scotch.

Ils descendirent de voiture.

— Ça ne devrait pas te coûter plus de deux dollars, dit le vampire en lorgnant l'établissement.

L'enseigne délavée annonçait « Chico's Place ». A l'entrée, des morceaux de verre luisaient sur le trottoir.

L'intérieur était sale et minable. Un bar occupait tout un pan de mur, face à des boxes, avec des banquettes en skaï rouge et des tables en formica balafré. L'éclairage était dispensé par des enseignes au néon. Il y avait une Latina d'âge moyen derrière le bar, auquel étaient accoudés trois habitués, serrés les uns contre les autres.

Leur langage corporel était éloquent : « *Je suis là depuis longtemps et je n'ai pas l'intention de décamper de sitôt.* »

Angel et Doyle se glissèrent dans un box, gardant

l'œil sur l'entrée. Doyle commanda deux scotchs à la serveuse.

— C'est ici que Graedeker traîne ses guêtres ? demanda Angel.

— Parfois. Il n'est pas facile à débusquer. D'habitude, c'est toujours lui qui te trouve.

— Et comment cela fonctionne-t-il ?

Doyle haussa les épaules.

— C'est plutôt étrange, en fait. Disons que tu es un démon que la chance a abandonné – tu as parié sur le mauvais cheval ou tu es en retard pour payer tes dettes aux vieux succubes… Bref, c'est là que Graedeker fait son entrée en scène. Il sait tout de tes soucis. « *Je peux peut-être te dépanner* », dit-il. « *A condition que tu aies quelque chose à me donner en échange.* » Et attention, nous ne parlons pas de stéréos ni de montres. Il ne s'intéresse qu'aux objets surnaturels.

— Et si le démon ne peut pas lui rembourser sa dette, il garde l'objet.

— Oui. C'est une sorte de prêteur sur gages, si tu veux. Mais récupérer son bien est souvent plus difficile que le placer…

— Pourquoi ? Il n'aime pas restituer les objets à leurs propriétaires ?

La serveuse arriva avec leurs consommations. Doyle fourra les mains dans ses poches et prit l'air penaud.

Angel paya sans faire de commentaire.

— Ce n'est pas vraiment ça, reprit le demi-démon quand elle fut partie. Il peut être très dur à trouver… As-tu regardé *La Quatrième Dimension* ?

— Je préfère les livres.

— Eh bien, il y a un épisode avec une vieille boutique de curiosités, d'accord ? Un type entre et en ressort avec une bouteille magique. Quand il l'ouvre, ça le transforme en… Adolf Hitler !

— Maintenant, je sais pourquoi je ne regarde pas la télévision.

— D'accord, certains détails m'échappent peut-être. Mais l'important, c'est que quand il retourne dans la boutique, elle n'existe plus.

Angel eut l'air pensif.

— Donc…

— J'essaie toujours d'imaginer Hitler en train de demander à être remboursé, coupa le vampire.

Doyle but une gorgée de scotch, réprimant mal une grimace.

— Cette histoire de boutique qui disparaît, je l'ai vue plus d'une fois à la télé… Graedeker a dû s'en inspirer.

— Il a une boutique de prêteur sur gages qui disparaît à loisir ?

— Pas exactement. C'est un semi-remorque où il stocke tout. Il l'appelle la *Tulipe du Diable*. Il vit dans un compartiment aménagé à l'arrière. Ça lui permet de rester mobile en toute circonstance.

— Comme les boutiques itinérantes des charlatans, fit Angel, songeur. Elles étaient très populaires, jadis. Ils vendaient de tout, des Elixirs de Jeunesse Eternelle aux haricots magiques.

— Si tu es plus à l'aise avec les analogies du siècle dernier, parfait… Mais pour en revenir à nos moutons, Graedeker s'intéresse uniquement aux vrais objets magiques. Et si les Serpentines sont d'aussi bons vendeurs qu'ils le prétendent, il devrait avoir des renseignements sur eux.

— Le siècle dernier… c'est là qu'est le problème.

— Seigneur ! Ce scotch est abominable. J'ai besoin d'un autre verre.

Doyle fit signe à la serveuse.

— Mes références, mes racines… correspondent toutes aux XVIIIe et au XIXe siècle, pas au XXe.

Angel but une gorgée de scotch.

— Et alors ?

— Alors, ça affecte mon travail. Un détective doit être capable de se fondre dans la masse, pas de s'en détacher comme une anomalie.

— Tu sembles t'être bien débrouillé, jusque-là.

— Mais je ne me sens pas… « intégré ».

— Intégré ? Ne pas supporter le soleil ne fait pas de toi un « Américain typique ». Mais ce n'est pas ce que tu voulais dire, pas vrai ?

— Tout ce que je dis…

— Tout ce que tu dis, c'est que tu n'as pas ta place dans la société actuelle. Bienvenue au club !

Doyle leva son verre et fronça les sourcils.

— Attends… Si tu fais partie du club, alors tu as une place quelque part…

— Etre différent n'est pas ce qui m'ennuie, admit Angel. Etant un vampire depuis deux siècles et demi, je m'y suis habitué. Mais je suis le seul représentant de ma race. Voilà ce qui me rend triste.

— Eh bien, ici, on trouve le plus grand mélange de races au monde. Si tu y arrives ici, tu y arriveras partout ailleurs.

— Tu ne vas pas te mettre à chanter, n'est-ce pas ?

— C'est dans le domaine des possibilités.

D'abord, Angélus vit un crucifix.

Il n'en fut pas surpris. Après tout, c'était une église… et Maria le prenait pour le Diable.

La main ensanglantée qui tenait le crucifix tremblait. La lumière de la lune, qui entrait à flots par la trappe ouverte, se réverbéra sur la croix. Les reflets d'argent blessèrent les yeux du vampire, qui réprima le besoin instinctif de cracher et de reculer, se forçant à sourire. Au mépris de la douleur, il pouvait supporter la vue d'un crucifix... C'était une question de volonté.

— Tout doux, ma chère ! souffla Angélus. Vous imaginez qu'une babiole de ce genre m'impressionne ? Elle me rend nostalgique, au contraire !

— Restez où vous êtes ! N'approchez pas !

— J'étais là quand ils L'ont cloué sur la croix, vous savez...

Il fit un pas en avant. C'était comme lutter contre un grand vent... qui faiblissait.

Et qui mourait.

— Brandir cette... chose... épuise les forces qui vous restent, n'est-ce pas ? Moi, je viens de soulever une poutre en chêne aussi facilement que si c'était une bûche. Croyez-vous être de taille contre moi ?

— Allez-vous-en !

— Je n'irai nulle part. J'ai développé certains sentiments pour vous... Des sentiments que je ne peux pas définir. En tout cas, il s'agit de passion. Quelque chose entre l'amour et le meurtre, entre le parfum d'une rose et l'odeur du sang qui goutte de *ses* épines... Je veux votre cœur, ma chère... littéralement... !

Immobile dans le noir, il attendit que sa proie tombe d'épuisement.

— Tu n'as jamais appartenu à un groupe ? demanda Angel.

— Moi ? Non ! Oh, des quantités auraient voulu de moi, mais j'ai toujours dit non. Aux groupes, je veux dire.

— A ce rythme-là, tu finiras par me demander de t'emmener chez *Wendy's*.

— Allons, Angel, je ne suis pas Cordélia ! Il m'est arrivé de boire plus que ça avant le petit déjeuner…

— Tant que tu peux t'occuper de Graedeker…

— Pas de problème ! (Le demi-démon avala une autre gorgée.) Tu sais, ce tord-boyaux devient meilleur quand ta langue s'est engourdie. Eh, je viens de me souvenir d'une bande à laquelle j'ai appartenu ! Seigneur, je n'y avais plus pensé depuis des années.

— Quel genre ?

— Les Combattants de la Justice. Nous étions des super-héros.

Angel haussa les sourcils.

— Des super-héros ?

— Ouais ! J'ai combattu le crime dans la cave de ma maison. Pour une banlieue de la classe moyenne, ma cave était vraiment sale…

Angel sourit.

— Quel âge avais-tu ?

— Environ huit ans. Et quand nous ne combattions pas les forces des ténèbres, nous nous allongions pour lire des bandes dessinées. J'avais une collection impressionnante.

— Encore une expression artistique du XXe siècle à laquelle je ne me suis jamais intéressé.

— C'est une honte, crois-moi. Certains types étaient vraiment bons. Prends Jack Kirby, par exemple. Stan Lee et lui ont pratiquement inventé la bande dessinée moderne !

— Stanley *qui* ?

— Stan *Lee*. Ils ont créé *Superman*, *Les Quatre fantastiques*, *L'Incroyable Hulk*…

— L'un d'eux était-il un vampire ?

— Euh, non…

— Je m'en doutais.

— Kirby, en solo, a inventé un personnage appelé le

Démon. C'était un type normal, mais quand il récitait un sort, il se transformait en une créature surgie de l'Enfer ! Il avait la peau jaune vif, des griffes, des cornes et des nageoires à la place des oreilles. Plutôt hideux, ce salaud... Il n'avait pas beaucoup d'amis.

Doyle baissa les yeux sur son verre et y fit tourner les glaçons.

— Ah, oui ? C'était ton préféré ?

Doyle releva la tête.

— Lui ? Non ! Il s'habillait comme un clown et il avait une drôle de façon de parler. Ma préférée, c'était Wonder Woman. Ça m'a valu d'être chassé de la bande des Combattants de la Justice... et d'avoir un faible pour les sous-vêtements étoilés. Sans parler des lassos qui brillent dans le noir...

Le crucifix en argent, brillant dans le noir...

Angel secoua la tête.

— Il y a un truc qui te turlupine ? Un instant, tu as semblé plus sombre que d'habitude.

— T'est-il déjà arrivé de voir ressurgir des souvenirs enfouis depuis des décennies ? Et d'être hanté chaque heure du jour et de la nuit ?

— Je vois ce que tu veux dire... Nous ne parlons pas d'une vieille chanson, pas vrai ?

— Non. Une chose horrible que j'ai faite... Il n'y avait pas longtemps que j'étais un vampire.

Angel finit son verre d'un trait.

— Ça s'est passé au Portugal, après un tremblement de terre... Lisbonne était presque en ruine.

— Je comprends pourquoi tu y repenses. Veux-tu en parler ?

— Pas vraiment. C'était... monstrueux. Ce n'est peut-être pas le pire de mes crimes, mais pas loin. Ma première excursion dans le domaine de la torture psychologique. J'ai pris le pli comme un canard apprend à nager. Je ne crois pas que tu aies envie d'entendre les détails… et surtout pas la fin.

— Angel, tu es resté un maître ès tortures psychologiques… sauf qu'aujourd'hui, tu te les infliges à toi-même. Tu es le Maître Jedi de la culpabilité.

— Je sais ! Mais à force de parler de groupe, je me dis que je n'ai ma place nulle part, et que c'est bien ainsi.

— Pourquoi ? Parce que tu ne le mérites pas ? Tout le monde mérite un peu de bonheur…

— Pour moi, un moment de bonheur équivaut à des meurtres en série.

— Oh. C'est vrai. J'avais oublié le coup du « *si tu vis un seul moment de vrai bonheur, tu perdras de nouveau ton âme* »… Les malédictions gitanes, quelle plaie !

Angel soupira.

— C'est bientôt l'heure de la fermeture. On dirait que Graedeker ne va pas se montrer.

— Tu as raison. Laisse-moi faire un tour aux toilettes et nous partirons.

— Je t'attends dans la voiture.

Angel était sur le point d'ouvrir sa portière quand il les entendit… Quatre jeunes loubards sortaient de l'ombre. Des Bloods.

— Chouette voiture ! grogna le premier.

Il suffit à Angel de croiser son regard… C'était lui le chef.

Le vampire rangea ses clés dans sa poche.

— Merci… mais mon ex-femme l'a remplie de poissons pourris pendant notre divorce et je ne suis pas encore débarrassé de l'odeur.

— Tout ce que je sens, c'est tes mensonges ! lança un voyou.

— Laisse tomber tes âneries, mec, dit le chef.

Un flingue apparut dans sa main.

Angel soupira.

— Génial. Je vais me faire tirer dessus et je déteste ça. Ça troue ma chemise.

— T'as de drôles de priorités pour un futur macchabée. Les clés, et vite !

La porte du bar s'ouvrit à la volée, livrant le passage à Doyle. Il se figea en voyant la scène... Le chef de bande tourna les yeux vers le demi-démon.

Angel en profita pour lui arracher l'arme et la pointer sur son ancien propriétaire.

— Du calme, conseilla-t-il.

Deux membres du gang sortirent des pistolets. L'un le braqua sur Angel, l'autre sur Doyle.

— Laisse-le partir ou je tue ton copain !

— Avec ça ? répondit Angel. Tu rigoles... Ce .38 ne vaut rien à plus de dix mètres. Mon ami est au moins à *quinze* mètres. Je doute que tu puisses le toucher, même en vidant ton chargeur.

— Je suis peut-être à quinze mètres, mais je t'entends très bien, dit le demi-démon. Tu sais, certains d'entre nous résistent moins au plomb que d'autres...

— Vos gueules ! cria le chef de gang.

— Tout ce que j'ai à faire pour transformer le cerveau de votre ami en fontaine colorée, c'est avoir la tremblote, continua Angel. Et comme il est entre vous et moi, nous serons arrosés de matière grise. Moi, je m'en fiche, je connais un teinturier formidable, mais vous...

Celui qui n'avait pas d'arme était visiblement nerveux. Sa tête rasée brillait sous l'éclairage artificiel.

— On devrait mettre les voiles, vous croyez pas ?

— Tu le troues, on te troue ! grogna un voyou. Ton pote s'en tirera, mais toi, ça n'arrangera pas tes affaires.

— Exact, admit Angel. Mais je n'ai pas dit mon dernier mot.

— Ah, oui ?

Angel se transforma. Il sourit, révélant des dents bien plus longues et bien plus pointues que la normale.

— Les balles ont le don de m'énerver. Et quand je suis énervé, je déchire les gorges. Vous ne pouvez pas savoir à quel point ça détend…

Les membres du gang le regardèrent puis baissèrent leurs armes.

— Bon sang ! lâcha le voyou qui avait assuré toute la « conversation », mais t'es un vampire.

Il semblait écœuré.

— Euh… oui.

— Pourquoi tu l'as pas dit plus tôt ? On a un traité avec les vamps du coin. Ils ne boivent pas le sang des Bloods et on n'expose pas leurs culs blancs au soleil. On est cool.

— Je vois, dit Angel.

Il lâcha le chef du gang, qui le foudroya du regard.

— Fais gaffe à tes fesses ! dit-il. Des démons empiètent sur notre territoire. On n'est pas responsables si l'un d'entre eux vous flanque une dérouillée.

— Je serai… prudent. Merci.

— Pas de problème. A plus, grandes dents !

Ils s'éloignèrent sans hâte.

— Tu sais, dit Doyle, il faut que ça arrive juste au moment où je me disais que Los Angeles ne pouvait pas être plus bizarre…

— Kate n'aura pas les résultats de sa petite enquête avant demain, dit Angel. Pour progresser, nous n'avons donc que l'attaque contre la Serpentine… et ça.

— Une caserne de pompiers, commenta Doyle. (Ils étaient garés en face.) C'est là que travaillait cette femme, Fisca, je crois... Penses-tu qu'elle était prioritaire sur la liste des Trembleurs ?

— Peut-être. D'après Kate, elle a disparu entre la porte de la caserne et son véhicule, resté dans le parking. Nous devrions jeter un coup d'œil...

Ils descendirent de voiture et traversèrent la rue. Le parking était bien éclairé. Des lampes s'alignaient le long d'un mur où était écrit : « Réservé au personnel de la caserne ».

— Il n'y a pas beaucoup d'endroits où se cacher, observa Doyle. Entre deux véhicules, peut-être.

— Ou *sous* l'un d'eux, ajouta Angel. Ce sont des créatures souterraines, après tout... (Il gagna le fond du parking.) Regarde ça.

Doyle le rejoignit.

— De l'asphalte neuf. Comme si le sol avait été creusé puis recouvert...

— La ville effectue sans cesse ce genre de réparations. Le jour où Fisca a disparu, il y avait peut-être une tranchée.

— Et un de nos amis pouvait être dedans. (Doyle hocha la tête.) Admettons... Il reste des questions sans réponse. Par exemple, comment le Trembleur savait-il que sa victime était un pompier et pas une personne venue se garer là ? D'ailleurs, comment pouvait-il savoir quoi que ce soit alors qu'il était sous terre ? Montrait-il son nez de temps en temps, comme un rongeur ?

— Je l'ignore, admit Angel. Je n'ai pas eu le temps d'étudier mon agresseur. Ils ont peut-être une sorte d'organe sensoriel caché.

— Recréons la situation, suggéra le demi-démon. Essayons de nous mettre à la place du Trembleur.

— Très bien. Il guettait sa victime, sans doute depuis longtemps...

— Et il est de plus en plus impatient, et nerveux.

— Possible, répondit le vampire.

Il s'adossa au mur, croisant les bras.

Doyle commença à gesticuler.

— Il déborde d'énergie, vu ? Il en vibre presque. Il est impatient de passer à l'action…

Baasalt attendait.

Attendre ne l'ennuyait pas. Il comptait le temps en années et vivait depuis des siècles. L'immobilité, pour un Trembleur, c'était comme le soleil pour un lézard.

Seul le silence lui manquait. L'eau sale clapotait. Les rats trottinaient, couinaient et rongeaient les immondices qui passaient à leur portée. Et ça, c'était pour l'intérieur du tunnel.

A l'extérieur… Un pandémonium !

Des insectes géants en métal se déplaçaient à une vitesse folle. Des pas claquaient sur le ciment. Des voix s'élevaient, tonitruantes. Par bonheur, ce n'était pas la période appelée « jour ».

Le monde de Baasalt était silencieux. Même le murmure des rivières souterraines ne l'atteignait pas. Des années passaient entre deux sons audibles. Les siens communiquaient par la pensée.

Comme tout cela lui manquait…

— Et alors, dit Doyle, Fresca sort.

— Fisca.

— Ouais, si tu veux. Mais qu'arrive-t-il si M. Tremble-et-Secoue se plante ? Les habitants de la surface se ressemblent peut-être tous à ses yeux. Les taupes et les vers ne sont pas connus pour leur vue infaillible…

Le filament translucide de Baasalt se balançait doucement. C'était un organisme indépendant, une sorte de champignon symbiotique qui poussait à un seul endroit : la fente de la queue d'un Trembleur prêtre-guerrier. Délicat et sensible, il pouvait détecter la plus infime trace de composé chimique et transmettre l'information à son hôte. Aux « yeux » du filament sensoriel de Baasalt, deux jumeaux étaient aussi dissemblables que le jour et la nuit.

— Alors, ce n'est même pas la bonne personne, continua Doyle. Mais le Trembleur ne le sait pas. Il a entendu un bruit de pas. Il n'est pas très intelligent, donc il ne perd pas de temps en réflexion. Ce qu'il veut, c'est de l'action. Et le voilà qui sort de son trou… (Il lève vivement les bras au ciel.) … juste devant la fille. Elle se retourne pour fuir, mais il est plus rapide. Il l'attrape par-derrière…

Angel soupira.

Celle qu'il guettait approchait.

Il la sentait, molécule par molécule. Son parfum, ses vêtements, ses cheveux… tout cela était secondaire. D'autres essences, plus subtiles, lui collaient à la peau, la désignant comme *un* des quatre.

Baasalt sentait l'odeur chimique des grands oiseaux de métal qui hurlaient à travers le Vide, des miasmes quasi imperceptibles, le genre de puanteur collective produite par un groupe d'Habitants-de-la-Peau enfermés ensemble et… une anomalie physiologique qui bouleversait son horloge interne.

Sa ligne de vie, une signature énergétique, traversait le temps à la vitesse de la lumière. Et Baasalt la *voyait*. Elle ne voyageait pas occasionnellement dans le vide, mais sans arrêt. Elle était connectée au Vide qui Hurlait aussi sûrement qu'il l'était au Corps du Monde.

Baasalt frissonna. Il devrait se montrer prudent.

La fleur qui sortait de la grille d'écoulement des eaux était la plus étrange que Sarah Clark ait jamais vue.

Sa tige était blanche, mais à côté de la fleur, elle paraissait presque… normale.

La fleur ressemblait à… un volcan. Elle était composée d'un cône noir de jais souligné d'un bord rouge, avec des étamines incroyablement longues… On eût dit des geysers de lave giclant vers le ciel et retombant en arcs harmonieux vers le sol d'où ils avaient jailli…

En fait, elle ressemblait davantage à un champignon qu'à une fleur, même si les champignons n'avaient pas d'étamines. Ils se reproduisaient grâce à des spores, pas grâce à du pollen.

Et ils n'avaient pas l'odeur d'un camp d'été.

Sarah s'immobilisa.

Son travail d'hôtesse de l'air l'avait conduite un peu partout dans le monde et son nez connaissait bien des arômes inhabituels. Elle avait flâné dans les souks marocains, les cuisines ambulantes de Honk-Kong, elle avait fait son marché dans les boutiques d'épices aux Philippines…

Elle adorait les senteurs exotiques.

Mais elle n'en aimait pas moins les odeurs plus familières qui faisaient ressurgir des souvenirs enfouis.

A cet instant, elle retrouva les senteurs du camp de vacances d'été, quand elle avait douze ans.

Elle s'en souvenait comme d'un petit paradis, loin des problèmes quotidiens. Le dernier été de son enfance. Elle s'était même fait des amies.

Sarah y avait appris des choses très importantes –

sans rapport avec le tir à l'arc, le canoë ou la natation. Non, c'était le temps des premières confidences entre filles. Tout en fumant leur première cigarette et en sirotant leur première bière, elles avaient parlé des règles, des soutiens-gorge à armature, du maquillage et de la manière d'embrasser un garçon.

Etrangement, le parfum de cette fleur bizarre – à une huitaine de mètres – titillait sa mémoire olfactive et lui rappelait ce camp.

C'était un mélange subtil : la senteur des aiguilles de pins renforcée par la légère odeur de moisi qui régnait dans le chalet et celle du parfum bon marché qu'Ellen Fingerhoff y avait renversé. Il y avait aussi celles du bois tiédi par le soleil du ponton où elle prenait des bains de soleil. Et bien sûr, celles du lac, un peu marécageuse, et de la fumée des feux de camp…

Sarah approcha de l'étrange fleur, un petit sourire illuminant son visage. Elle approcha du cœur de la fleur et inspira profondément.

— Allez, viens, donc ! cria une voix tout excitée. Regarde ça !

Sarah ouvrit les yeux et se releva.

Elle est cool, cette fleur…, pensa-t-elle. *Mais elle ne sent pas grand-chose.*

Sa meilleure amie, Cindy Lillinett, était debout près de ce qui ressemblait à… une grotte ! L'entrée était camouflée par la végétation mais Cindy l'avait dégagée comme on tire un rideau.

— N'est-ce pas fantastique ? demanda son amie. Je parie que personne n'est entré ici depuis des centaines d'années !

Sarah courut la rejoindre.

— Mais elle est si près du camp… Crois-tu que les conseillers viennent y faire l'amour ?

— C'est possible ! répondit Cindy. Allons voir !

— A toi l'honneur, dit Sarah.

Cindy lui fit un sourire ironique.

— Poule mouillée !

Tête baissée, elle entra dans la grotte.

Sarah la suivit sans hésitation.

— Veux-tu un trampoline ? demanda Angel.

— Pardon ?

— Oui, pour t'aider à rebondir toujours plus haut dans la logique…

— Je suppose que tu peux mieux faire ?

— Eh bien, voyons… D'abord, les Trembleurs se sont déjà attaqués à une femme pompier et à quelqu'un qui vit sous terre. Ça prouve qu'ils savent ce qu'ils font. Ensuite, mon agresseur a attendu que je sois nez à nez avec lui pour passer à l'attaque. Ce qui suggère que l'attente fait partie de la stratégie naturelle de son espèce. D'ailleurs, même si le Trembleur était rapide, je vois mal une créature de pierre montrer de l'impatience…

Angel repartit vers la décapotable.

— La caserne des pompiers est bondée à toute heure du jour et de la nuit et elle jouxte le parking. Si un monstre était sorti du sol pour se jeter sur Fisca, elle aurait au moins eu le temps de pousser un cri. Or, personne n'a rien entendu !

— Mais alors, que s'est-il donc passé ? demanda Doyle, qui marchait sur les talons du vampire.

— Je l'ignore. Le Trembleur l'a peut-être droguée ou hypnotisée. Nous manquons d'informations.

Ils montèrent dans la voiture.

— Où allons-nous ? demanda Doyle.

— Chez Fisca. Les victimes ont peut-être un lien

entre elles… Et si nous le découvrons, nous saurons peut-être du même coup qui sera la prochaine…

Baasalt tenait la femelle humaine par la main. Elle le suivait de bonne grâce avec un sourire béat.

Les spores émises par le filament sensoriel agissaient comme des agents psycho-actifs d'un genre tout à fait particulier… Elles ramenaient les victimes à l'époque la plus heureuse de leur vie, au temps où elles étaient encore confiantes et où elles se croyaient à l'abri de tout.

Baasalt voyait clairement la différence dans la ligne de vie de la femelle. Si son corps était là, son esprit dérivait… Un état qui rendait l'humaine éminemment vulnérable… Il avait suffi d'un geste au Trembleur, et elle l'avait suivi, son cerveau créant des images qu'elle était seule à voir.

Le prêtre-guerrier se félicita de la facilité du rapt. Avec le Vide et ceux qui y vivaient, on n'était jamais sûr de rien…

— C'est donc là qu'elle habite…, dit Doyle.

L'appartement était spacieux et bien meublé. Apparemment, les pompiers de Los Angeles touchaient un salaire décent.

En revanche, la sécurité laissait à désirer – le demi-démon était venu à bout de la serrure en moins d'une minute.

Les étagères étaient couvertes de livres et de photographies d'art encadrées. Un salon et un fauteuil en cuir, une télévision, une chaîne stéréo, un lecteur de CD et un magnétoscope… Une table basse portait quelques magazines.

Rien qui sautât aux yeux et laissât penser : « Je vais être enlevée par des monstres souterrains ! »

— Tu crois qu'elle sera fâchée si je mange ça ? demanda Doyle, la tête dans le réfrigérateur. Ce serait une petite… avance… pour lui avoir sauvé la vie.

Angel entra dans la chambre à coucher. Le lit à deux places était défait ; des piles de vêtements jonchaient le sol.

Il y avait un ordinateur dans le coin. Le vampire tira la chaise, s'installa et l'alluma.

Pas de dossiers codés… Angel n'eut aucun mal à en obtenir la liste complète. Fisca travaillait à l'écriture d'un roman ; elle avait une collection de livres érotiques de l'époque victorienne et une autre de simulateurs de vol.

Angel trouva son carnet d'adresse et le parcourut.

Un des derniers noms fit sursauter le vampire.

— Doyle ! J'ai trouvé un indice !

Le demi-démon entra, un sandwich au thon dans une main et une bière dans l'autre.

— Ouais ? Quoi ?

— Un nom, répondit Angel. Très familier.

Il montra l'écran.

En fait, il s'agissait de *deux* noms. Wolfram & Hart.

CHAPITRE V

Wolfram & Hart… Un cabinet d'avocats dont la clientèle était essentiellement démoniaque – dans le pire sens du terme… Confronté à ces gens, Angel avait à peine survécu…

L'aube pointait quand Angel et Doyle finirent de fouiller l'appartement. Chou blanc. Aucun début de piste.

Ils rentrèrent à l'agence. Le vampire se retira dans son appartement pour dormir. Mais il eut du mal à trouver le sommeil, ses pensées volant vers Lisbonne, les ruines de l'église, Maria… Et ce qu'il lui avait fait.

— Bonjour, Angel ! lança Cordélia alors qu'il sortait du monte-charge. Ou plutôt, bon après-midi… Il y a du café chaud.

— J'aime le café, marmonna Angel en entrant dans le bureau.

Il se servit une tasse.

— Où est Doyle ?

— Parti chercher de quoi déjeuner… pour ceux qui mâchent leur nourriture.

Angel se laissa tomber sur une chaise.

— Est-ce une idée si répugnante, à tes yeux ? Fourrer des choses dans sa bouche, les mastiquer jusqu'à ce qu'il en résulte un mélange mou et gluant et enfin avaler… Beurk ! Je n'ai plus faim. Merci beaucoup.

— Désolé. J'ai mal dormi.

— Doyle m'a dit que tu avais trouvé un lien entre notre affaire et Wolfram & Hart. Qu'est-ce qu'ils ont, ces sales types ? Ils veulent le monopole de la clientèle démoniaque ou quoi ?

— J'ignore de quelle façon ils sont impliqués dans cette histoire… Ils figuraient dans le carnet d'adresses d'une des victimes.

— Au fait, ton amie inspectrice est passée. Elle m'a demandé de te remettre cette enveloppe…

La porte d'entrée s'ouvrit et Doyle apparut, un sac en papier brun sous le bras.

— Je vois que la grande carcasse est levée… Cordy, j'espère que tu aimes le tandoori.

— Tu peux manger ma part. M. Boute-en-train m'a coupé l'appétit !

Doyle posa le sac sur le bureau.

— Qu'y a-t-il dans cette enveloppe ?

— C'est de la part de Kate.

Angel ouvrit le pli et en sortit un listing informatique.

— C'est bien ce que j'attendais : une liste des personnes disparues. Elle est remontée six mois en arrière.

— Mais tu ne lui as pas parlé des Trembleurs, dit Cordélia.

— Bien sûr que non !

— Alors que lui as-tu dit ? demanda Doyle en sortant son déjeuner.

— Que c'était une affaire courante, répondit Angel en consultant le listing.

— Une sacrée faveur pour une explication si vague, dit le demi-démon.

— Elle doit être très gentille, renchérit Cordélia.

— Ouais, et elle doit aimer être serviable…

— Sans exiger quoi que ce soit en échange, c'est évident…

— Sinon le respect professionnel d'un collègue…

— Tu m'enlèves les mots de la bouche !

Angel posa le listing en soupirant.

— Très bien, vous avez gagné. J'ai promis de l'emmener dîner.

— Tant que ce n'est pas elle que tu manges…, dit Cordélia. Oh, mais je suis bête ! Ça n'arriverait que si tu redevenais méchant. En vivant un vrai moment de bonheur… le genre d'activité programmée *après* le dîner, en règle générale.

— A moins que les amuse-gueules soient très appétissants, renchérit Doyle.

Il ouvrit une barquette ; une odeur de curry envahit la pièce.

— Au fait, comment trouvez-vous ma robe ?

Cordélia écarta les bras en tournant sur elle-même. La robe était noire, moulante, et ajourée à certains endroits… inattendus.

— Très jolie.

— *Et* très chère, ajouta Doyle.

— Je suppose que Maureen l'a payée ? demanda Angel.

— Elle a insisté. Comment aurais-je pu refuser ? Je n'avais pas envie qu'elle se transforme en serpent !

— Je suis sûre que tu lui as tenu tête aussi longtemps que tu as pu… Et à part ça ?

— Nous nous sommes bien amusées. Bon, il y a eu cet incident avec le hamster, à l'animalerie… mais elle m'a dit que son niveau de sucre était bas.

— Elle a mangé un *hamster* ? s'étrangla Doyle sur le point d'enfourner une bouchée de curry.

— Oh, Doyle, tu es si crédule ! soupira la jeune

fille. Honnêtement, Angel, elle est très gentille. Si j'avais son compte en banque, jamais je ne fréquenterais une personne comme moi ! Pas avant qu'elle ait tourné quelques films, en tout cas…

— Ta remarque a presque un sens…, dit le vampire. Mais j'aimerais quand même en savoir plus sur les Serpentines.

— Je vais tâcher de trouver Graedeker, dit Doyle. On dirait qu'il a un détecteur de poisse ! Il fuit les gens qui n'ont pas de veine.

— La chance t'aurait-elle abandonné ?

— Ce sera le cas quand j'aurai perdu au jeu la somme de mon loyer…

— Ça aussi, ça a un sens, soupira Angel. Le shopping et les paris, voilà les deux piliers du métier de détective ! Tiens, moi aussi, je vais me lancer dans le bizarre et l'inhabituel…

— Quoi ? demanda Doyle, s'arrêtant de mâcher.

— Je vais chercher des indices. Tu dois déjà avoir entendu cette expression…

Angel passa l'après-midi au bureau, à étudier le listing de Kate. Elle avait griffonné « *Bonne Chance !* » en haut de la première feuille… Il avait vite compris pourquoi.

Les paramètres – l'eau, l'air et la terre – étaient trop vagues. Quelqu'un qui vivait dans Granite Street devait-il être considéré comme connecté à la terre ? Un réparateur de machines à laver l'était-il à l'eau ?

Tout ça était très subjectif.

Angel étala sur le plancher une carte de Los Angeles et marqua d'une punaise rouge l'endroit où Fisca avait été enlevée.

Le téléphone sonna. Cordélia répondit.

— Angel Investigations. Oui, il est ici. Une seconde, s'il vous plaît… Angel ! C'est Kate.

Le vampire décrocha.

— Angel. J'ai du nouveau. On vient de me signaler la disparition d'une hôtesse de l'air. Nous n'avons aucune explication…

— Comme pour Fisca. Où l'a-t-on vue la dernière fois ?

— Elle a pris un taxi à l'aéroport pour rentrer chez elle. Elle n'y est jamais arrivée.

Il nota le nom et l'adresse que lui communiqua Kate, puis il la remercia et raccrocha.

Une hôtesse de l'air et une femme pompier. Il commençait à discerner une logique… Bien que de manières très différentes, toutes les deux venaient en aide aux gens. Leur métier impliquait un certain dévouement pour son prochain… Et les deux femmes devaient affronter les dangers liés à un élément.

Angel prit une autre punaise rouge et la planta à l'endroit où l'hôtesse de l'air s'était volatilisée.

Rien de particulier ne me saute aux yeux… Mais admettons que ces deux points soient les sommets opposés d'un carré… Dans ce cas, les deux autres points se situeront là et… là…

Le troisième point ne lui disait rien… Mais le quatrième, oui ! Il le tapota de l'index et sourit.

— Je t'ai trouvé !

— *Nous exigeons de savoir où aura lieu le prochain sacrifice !* « dit » Baasalt.

Il était en communication avec un Habitant-de-la-Peau qui assistait les Trembleurs dans leur quête.

Il s'appelait Rome.

— *Nous avons aussi nos impératifs*, répondit Rome. *Les Serpentines n'ont toujours pas été délogés.*

Etre en contact télépathique avec un Habitant-de-la-Peau répugnait à Baasalt. Il avait l'impression d'être immergé dans une chose humide et remuante, lui inspirant un seul désir : « *Je veux que ce soit fini* ».

Les Trembleurs n'avaient pas de mot pour « impatience ».

— *Voulez-vous que nous fassions de nouveau trembler la terre ?*

— *Non, une approche directe serait plus efficace…*

L'endroit qu'Angel avait repéré était la plage, près du poste de secours. Les attaques ayant eu lieu de nuit et dans des espaces clos, le maître-nageur visé serait sans doute enlevé entre son lieu de travail et son domicile. Deux maîtres-nageurs étaient en poste le jour. Angel et Doyle garderaient un œil sur eux jusqu'au soir, puis ils les prendraient en filature.

— J'ai commandé un équipement spécial contre les Trembleurs, dit Angel au demi-démon. Il sera là dans deux ou trois jours.

— Parfait. Si un vilain démon surgit, j'aurai ce qu'il faut pour lui régler son compte.

— Tu as un téléphone portable, alors appelle-moi.

— Heureux de voir que nous sommes sur la même longueur d'onde.

Angel mit son cache-poussière en cuir.

— As-tu vu Graedeker ?

— Euh… La phase une s'est bien déroulée.

— Tu veux dire que tu as perdu au jeu ?

— Tout juste ! Et je travaille maintenant à la phase deux.

Cordélia passa la tête par l'entrebâillement de la porte.

— Les gars… Galvin vient d'appeler. Mauvaise nouvelle. Il y a eu une nouvelle attaque au Pommier.

— En route !

— Quelqu'un a été blessé ? demanda Angel.

— Non, répondit Galvin. (Il secoua tristement la tête.) Pas physiquement, en tout cas.

Il était au milieu des ruines de son salon. Le piano à queue ? Un amas de bouts de bois et de cordes… Le Picasso, le Rembrandt et le Van Gogh étaient lacérés… L'air embaumait le scotch premier choix. Pas une seule bouteille n'avait échappé à l'attaque…

— Quelle tragédie ! souffla Doyle.

Les yeux brillants de larmes, il renifla, pathétique.

— Oh, ce ne sont que des biens matériels, rappela Galvin. Ce qui est vraiment détruit, c'est notre sentiment de sécurité…

Angel examina le trou béant dans le mur. De la terre, venue du tunnel, s'était répandue dans la pièce saccagée.

— Vous dites qu'ils étaient trois ?

— Oui. Ils ont pénétré dans trois appartements différents, ignorant les résidents pour s'attaquer uniquement au mobilier. Ils ont réduit en charpie tout ce qui leur est tombé sous la main…

Angel fronça les sourcils.

— Ça ne colle pas.

— Comment cela ?

— Des secousses, je veux bien – c'est dans leur nature. Et l'enlèvement des victimes nécessaires à leur rituel aussi. Mais ça… c'est du vandalisme !

— Ils nous haïssent, c'est évident. Pourquoi, je l'ignore.

— Je pourrais remonter ce tunnel, mais il leur serait facile de m'y tendre un piège, dit le vampire. Je préférerais ne pas les provoquer sur leur terrain sans avoir un plan de bataille.

— Que suggérez-vous ? demanda le Serpentine. Ils viennent de prouver qu'ils pouvaient envahir notre territoire à tout moment.

— Ce ne serait pas facile, je sais, mais vous pourriez vivre ailleurs. A titre temporaire…

— Non. Nous ne nous laisserons pas chasser de chez nous ! Nous avons connu l'exil et nous nous sommes jurés de ne plus jamais revivre ça. Si nous devons vivre en état de siège, tant pis.

Angel soupira.

— Je ne peux pas vous protéger. Comme vous l'avez dit, ils risquent d'attaquer à tout moment. Même si vous faites blinder les murs, ils pourront toujours tout faire s'écrouler sur vos têtes…

— Alors, arrêtez-les tant qu'il en est encore temps !

— Galvin est sympa de nous avoir prêté une voiture, dit Doyle. Cette Mercedes est très classe. Capitonnage en cuir, lecteur de CD, téléphone main libre… Je n'aurai aucun mal à m'habituer !

— C'est juste pour la surveillance, répondit la voix d'Angel. Ne touche à rien. Et ne renverse rien, surtout !

— Relax, patron ! (Doyle était garé sur le parking de la plage, à distance du poste de secours.) Le soleil se couchera bientôt. Et tu pourras sortir.

Angel était garé un peu plus loin. Grâce aux vitres teintées, les rayons du soleil ne pouvaient pas filtrer dans sa décapotable.

— J'ai l'impression d'être dans un aquarium…

Doyle régla la climatisation.

— Tu n'as pas trop chaud, au moins ?

— Non, c'est parfait.

— Bien.

Le demi-démon mit un CD dans le lecteur et commença à fredonner sur un tube des Smashing Pumpkins.

— Doyle, je t'ai dit de ne toucher à rien.

— Relax, Angel ! J'ai apporté mon… euh… walkman.

— Alors, explique : si tu écoutes ton walkman, comment peux-tu m'entendre ?

— D'accord, tu as gagné. (Il arrêta la stéréo.) Tu sais quel est ton problème, Angel ? Tu as un sens de la culpabilité surdéveloppé !

— Pas surdéveloppé… perfectionné. Ça m'a pris du temps, mais j'ai la bonne formule.

— Eh bien, il n'est pas facile de discuter avec un siècle de rumination alimenté par l'angoisse ! Mais je vais quand même essayer… Toi et moi, nous sommes très différents. Tu te vautres dans la culpabilité alors que moi, j'en suis aussi dénué qu'un paquet de chips allégées – le glutamate en moins.

— D'accord, petit génie. Quel est ton secret ?

Doyle inclina un peu plus son siège.

— Question de conditionnement… Prends la boisson, par exemple. Tu connais la honte de s'être pris une biture, non ? Même si tu n'as rien fait de mal, tu as l'impression de devoir des excuses au monde entier.

— Dans mon cas, c'est vrai.

— Eh bien… si on exclut les meurtres en série, ce sentiment est illusoire. L'alcool supprime les inhibitions. La culpabilité, c'est le bâton que nos inhibitions retrouvées nous tendent pour nous battre. Donc, quand nous n'avons plus d'inhibitions, notre culpabilité disparaît. Tu me suis ?

— Oui.

— Quand tu es de nouveau sobre, tes inhibitions

reviennent au galop, avec cet affreux sentiment de culpabilité. Tu subis ce contrecoup émotionnel et automatiquement tu te sens coupable – même si tu n'as rien fait.

— Et comment combats-tu ça ?

— En général, je bois un coup. Ça fait des merveilles.

— Eh bien, grogna Angel, moi je me suis bituré un siècle durant et le suivant, je l'ai passé à me sentir coupable !

— *Ouah* ! Tu as dû te payer la plus longue gueule de bois de l'histoire !

— Je ne parlais pas d'alcool.

— Euh, oui, bien sûr…

— Sûr, marmonna Cordélia. Angel et Doyle jouent les baby-sitters auprès de maîtres-nageurs bronzés et athlétiques, avec des maillots terriblement sexy. Et moi, pendant ce temps, j'enquête dans des immeubles vétustes !

Elle était dans le couloir d'un motel. Angel voulait découvrir s'il y avait un lien entre Wolfram & Hart et l'hôtesse de l'air disparue.

C'était là qu'avait vécu la jeune femme.

D'humeur maussade, Cordélia s'efforça de se mettre dans la peau de son personnage.

Dans la vie, elle recherchait surtout une chose : la facilité. Un temps, l'existence s'était conformée à ses désirs… Au point qu'elle avait pris ça pour argent comptant… Puis tout s'était écroulé. Des monstres bizarres avaient surgi de partout, aussi vite que des boutons sur le visage d'un adolescent. Elle était tombée amoureuse d'un perdant… avant de tomber pour de bon sur une tige de métal qui l'avait blessée… Comble de malchance, les impôts avaient retrouvé son père… et mis la famille Chase sur la paille.

Cordy avait dû dire adieu à la fac.

Ça lui manquait. Malgré Buffy, Alex et tous les monstres… A Sunnydale, elle était au top. Elle savait comment les choses fonctionnaient.

Dans le monde réel, un joli visage n'était pas un passeport suffisant… Alors elle avait fait la seule chose sensée : partir pour Los Angeles avec l'espoir de devenir une star de cinéma.

Dans deux ou trois ans maximum, elle serait riche et populaire. Et tout lui sourirait !

Elle frappa à la porte. Un homme ouvrit ; la vingtaine, les cheveux noirs en bataille, il portait un jean et un Tee-shirt Metallica.

— Bonjour, dit Cordélia. Je suis envoyée par Wolfram & Hart. Sarah Clark est-elle là ?

— Euh, non.

— Et vous êtes… ?

— Son colocataire, Bill. Ecoutez, elle a… disparu. Mais je suis sûr qu'elle vous payera.

— C'est… de ça que je voulais lui parler, dit la jeune fille. Puis-je entrer ?

— Euh… oui.

Imagine que tu es Ally McBeal et tout ira bien, pensa Cordélia. *Zut, j'aurais dû mettre une jupe plus courte !*

— Très bien, monsieur Bill… Etes-vous au courant de l'affaire de Mlle Clark ?

— Eh bien, vous l'avez aidée pour cette histoire de drogue et elle vous en est reconnaissante. Mais quand vous avez oublié de lui envoyer la note…

— Vous avez cru que c'était pour de bon. Sachez que nous ne sommes *pas* ce genre de cabinet, monsieur. Nous travaillons pour les pires individus et quand ils ne se montrent pas réglos… nous le prenons très mal.

— Individus ? Vous voulez dire « clients » ?

Cordélia regarda Bill avec une pointe de condescendance.

— Vous regardez trop la télévision. Un *client* paye sa note. Un *individu*, c'est quelqu'un qui… vous le savez, vous.

Bill déglutit.

— Disparaît ?

— Elle ne pourra pas se cacher éternellement. Croyez-moi… je suis avocate, ne l'oublie pas.

Bill promit de l'appeler s'il avait des nouvelles de Sarah.

Le métier de détective n'est pas si difficile, tout compte fait, pensa Cordélia en s'éloignant. *Et je suis parfaite, en avocate…*

Les maîtres-nageurs quittèrent leur poste peu après le coucher du soleil. Doyle fila l'homme – une version bronzée de M. Propre –, et Angel la fille, une grande brune. Le vampire et le demi-démon restèrent en contact grâce à leurs téléphones portables.

— Il entre dans un parking souterrain, dit Doyle. Je vais me glisser derrière lui… C'est bon, mais il m'a jeté un drôle de regard dans son rétroviseur. Il doit me prendre pour un zonard.

— Tu es au volant d'une Mercedes flambant neuve, Doyle.

— Oh, c'est vrai. Pas facile de s'habituer, même si c'est un rêve à conduire… Bon, il descend. Il se dirige vers l'ascenseur. Il s'arrête, désorienté. Peut-être a-t-il oublié quelque chose dans sa voiture… Non, il part vers un coin. Il y a quelque chose, là-bas, une sorte de fleur qui a poussé dans une fissure. Il se penche pour la sentir… Attends. J'entends une sorte de grondement sourd… Le mur vient de s'écrouler ! *On y est !*

— Doyle ! Essaie de les retenir ! J'arrive !

Doyle ramassa le démonte-pneu et sortit de sa voiture. Il courut vers le maître-nageur, qui semblait ne s'être aperçu de rien. Le mur, un tas de poussière grise, formait un monticule autour des genoux du M. Propre. L'étrange fleur rouge et noir, montée sur une tige blanche, paraissait l'avoir ensorcelé.

Dans l'ombre, à l'entrée du tunnel, une silhouette massive apparut.

Doyle rejoignit le maître-nageur, l'attrapa par une épaule et le força à se retourner.

— Eh, mon pote ! Il faut déguerpir !

L'homme avait l'air ailleurs.

— Coney Island..., souffla-t-il. Hot dogs. L'odeur du shampooing de Jennifer Gianni...

— Oui, sûr. Je comprends !

Le demi-démon prit l'homme par le poignet et le tira vers la Mercedes. Il se laissait faire sans broncher puis s'immobilisa tout net. Doyle faillit trébucher ; le maître-nageur était beaucoup plus lourd que lui.

— Non... je ne peux pas partir. Ça fait si longtemps... !

Doyle songea à lui flanquer un coup de démonte-pneu sur le crâne... Mais alors, il devrait le porter.

L'étrange fleur disparut, s'enroulant sur elle-même.

La silhouette avança.

— Sainte Mère de Dieu ! souffla Doyle. Bon... A moi de jouer.

Démonte-pneu au poing, il s'interposa entre le Trembleur et sa victime.

Un deuxième Trembleur sortit du tunnel. Puis un troisième.

— Comme si ça faisait une différence, grommela Doyle. J'étais déjà mort après l'apparition du premier. Ça me donne juste l'air stupide...

Le premier Trembleur fit un pas en avant, désignant le maître-nageur d'une patte griffue. Le geste était clair.

Donne-le-nous !

— Vous avez tout faux, les gars ! Ce n'est pas celui que vous cherchez. Par chance pour vous, me voilà… Le patron m'envoie vous prévenir, avant que vous ne commettiez une erreur terrible.

Le Trembleur plissa le front.

— *Wolfram & Hart ?*

Doyle entendit les mots dans sa tête, mais il les prit pour une inspiration soufflée par la peur.

— Wolfram & Hart m'ont dit – en personne – d'arrêter tout ça… Enfin… *poliment*… d'arrêter tout.

— *Nous avons rempli notre part du contrat. Celui-ci est Un des Quatre. Nous l'emmenons.*

Le demi-démon comprit que les pensées qu'il percevait n'étaient pas les siennes.

Bon sang…, se dit-il.

Le maître-nageur sortit de sa torpeur.

— Que se passe-t-il ?

Doyle se désigna du pouce.

— Gentil, dit-il. (Il montra les Trembleurs.) Méchants.

Les Trembleurs passèrent à l'attaque.

Leurs mouvements étaient parfaitement coordonnés. Le premier menaça Doyle pendant que les deux autres s'occupaient du maître-nageur.

Le demi-démon réussit à frapper son agresseur à la tête. Si le bruit fut assourdissant, le résultat laissa à désirer. Le Trembleur s'en débarrassa d'un coup de patte ; Doyle vola dans les airs et atterrit contre une Volvo. Le souffle coupé, il glissa sur le sol. Puis il se releva en chancelant. Son épaule et son bras droit étaient engourdis.

Qu'à cela ne tienne… Il ramassa le démonte-pneu de la main gauche.

— D'accord… Vous allez voir ce que vous allez voir !

Le maître-nageur chercha à fuir. D'un mouvement de queue, un Trembleur lui faucha les jambes, l'expédiant au sol. Au lieu de se relever, il roula sous une Cadillac avant que ses ravisseurs puissent se saisir de lui.

La voiture d'Angel percuta de plein fouet la porte de sécurité. Elle resta accrochée au pare-chocs, qui tint bon.

La décapotable, avec sa porte de métal semblable à une tapette à mouches géante, fonça sur les deux Trembleurs… et leur rentra dedans. Elle continua sur sa lancée et emboutit un mini-van.

Armé d'un pic, Angel bondit hors de la voiture.

Le troisième Trembleur tirait le maître-nageur sous la Cadillac. Angel le frappa avec le pic, qui resta planté dans son crâne.

Le Trembleur se retourna.

— *Encore toi* ! pensa-t-il.

— Télépathe, hein ? Exact, c'est encore moi. Et cette fois, tu es sur mon territoire.

— *Ton arme ne te servira à rien.*

Le Trembleur avança.

Démonte-pneu au poing, Doyle chargea.

Il laissa sa moitié démoniaque prendre le dessus. Sa peau vira au bleu-gris et son visage se couvrit d'épines plus vite qu'un rosier à croissance rapide.

Il frappa… Le démonte-pneu percuta le pic, l'enfonçant dans le crâne du Trembleur. Qui se figea.

— *(…)*, pensa-t-il.

Angel lui tourna autour, prudent. Le démon ne remuait plus.

— Bon travail, dit-il à son associé sans quitter le Trembleur des yeux. Je crois que tu l'as sonné.

— Tu as entendu… ou j'ai des parasites dans le crâne ? demanda Doyle, un peu groggy.

Un grondement fit vibrer l'air… La porte qui clouait les Trembleurs au mini-van explosa. Un éclat de métal atteignit Doyle à la tête. Il s'écroula sans un cri, reprenant son apparence humaine.

Angel fut moins chanceux.

Une barre de fer s'enfonça dans sa nuque, une autre dans sa poitrine et une troisième dans une de ses jambes. La douleur le fit tomber sur un genou. Mais tant que sa tête restait sur ses épaules, il survivrait.

Pour tuer les vampires, les gens leur enfonçaient un pieu dans le cœur. Mais la décapitation était aussi efficace…

Les deux Trembleurs coincés par le mini-van avaient été libérés par l'explosion. L'un d'eux se tourna vers le maître-nageur. Une barre métallique s'était fichée dans sa poitrine, juste sous la clavicule.

Le Trembleur l'attrapa par un bras et le traîna vers l'entrée du tunnel. L'homme s'évanouit.

L'autre Trembleur approcha d'Angel, qui se relevait tant bien que mal.

— *Vous avez bien combattu.*

— Je n'en ai pas fini avec vous !

— *Si, c'est terminé. Votre allié est inconscient, vous êtes blessé et sans arme. Vous ne pouvez plus rien.*

— Parfait. Ça vous est égal que je m'en aille ?

— *Vous êtes libre de partir.*

Angel tourna les talons et s'éloigna en boitillant.

Le Trembleur le regarda s'éloigner, puis eut l'équivalent mental d'un haussement d'épaules.

Son peuple était du genre tenace, surtout les prêtres-guerriers. Les Habitants-de-la-Peau, eux, semblaient gouvernés par leurs caprices.

Il doutait que celui-là ait assez de mémoire et de volonté pour se mêler encore de leur mission sacrée.

Il se tourna vers Baasalt. L'étrange objet dépassait toujours de sa nuque…

Il chercha à contacter mentalement le prêtre-guerrier.

— *Baasalt ? Ça va ?*

— *(… *…)*

Le Trembleur n'avait jamais entendu une réponse comme celle-là. Comment l'interpréter ? C'était tout à fait inhabituel.

Les Trembleurs réagissaient mal aux changements…

— *Je ne comprends pas. Pourrais-tu répéter ?*

Il crut entendre un grondement, mais il l'ignora. La Surface de la Peau du Monde était bruyante.

Angel le percuta avec la Mercedes.

Pied au plancher, le vampire propulsa le véhicule contre le mur, au fond du parking.

Le Trembleur s'encastra dans le béton.

L'airbag se gonfla, épargnant au conducteur une blessure sérieuse à la tête. Mais il délogea les trois barres de métal qu'Angel avait fichées dans la chair…

Cette fois, la douleur fut telle qu'il perdit connaissance.

CHAPITRE VI

Baasalt étant une créature de pierre, son corps réagissait à l'acier trempé comme un organisme biologique à un stimulant concentré. Quand la pointe du pic pénétra dans son cerveau, il crut que le monde explosait. Les cloisons qui séparaient ses souvenirs de ses pensées s'effondrèrent. Des connexions se firent dans son esprit. Des idées y germèrent spontanément. Sa race était dépourvue d'imagination… Or, c'était cette faculté qui naissait dans son cerveau. Il était à peine conscient du monde extérieur, qui n'avait plus la moindre importance. Quand le flot d'images et de concepts ralentit, il reprit conscience de son environnement. Mais il posait désormais un regard neuf sur tout.

Un insecte de métal avait cloué Maarl au mur. A l'entrée du tunnel, Feldspaar avait hissé sur son épaule le corps de la proie qu'ils étaient venus chercher. Un autre Habitant-de-la-Peau gisait à quelques mètres de lui.

— *Maarl ne répond pas*, dit Feldspaar.

— *Abandonnons-le*, répondit Baasalt. *Le Troisième des Quatre, voilà ce qui importe. Partons avant de nous faire remarquer. Bientôt, il y aura ici autant d'Habitants-de-la-Peau que d'insectes de métal autour d'une source d'énergie.*

Les pensées de Feldspaar exprimèrent sa perplexité, mais il se retourna et disparut dans le tunnel.

Baasalt le suivit. Il faillit oublier de le faire s'écrouler derrière eux pour ralentir les poursuites. Il devait penser à tellement de choses…

Angel revint à lui, désorienté. D'abord, il se crut enveloppé dans un linceul… Mais il était assis au volant d'une voiture.

Peut-être allait-on l'ensevelir dans son véhicule préféré ? Puis il s'avisa que son « linceul » était un airbag dégonflé. Des barres de métal l'avaient crevé.

A travers le pare-brise cassé, il vit un Trembleur : celui qu'il avait percuté avec la Mercedes, encastré dans le mur en béton… Mais il doutait qu'il soit mort.

Il sortit de la voiture par la vitre du conducteur et étudia le parking. Doyle était en train de s'asseoir. Il n'y avait plus trace des autres Trembleurs et du maître-nageur.

Le vampire boitilla jusqu'à son compagnon et l'aida à se lever.

— Ça va ?

— Ouais… Mais pas de question difficile, genre comment je m'appelle…

Angel inspecta l'avant de sa décapotable : défoncé, mais l'onde de choc générée par les Trembleurs pour se débarrasser de la porte ne semblait pas avoir endommagé le véhicule. Il démarra, s'écarta du minivan et se gara à côté de la Mercedes, en piteux état.

Le vampire ouvrit le coffre pour y prendre un cric.

— Doyle, donne-moi un coup de main.

— Qu'y a-t-il ?

Le demi-démon sortit une flasque de sa poche et but une gorgée.

— Nous emportons un petit souvenir avec nous.

Le Trembleur était assis sur une chaise, une chaîne enroulée autour du corps. Il n'avait plus bougé depuis des heures, même quand ils l'avaient transporté jusqu'à l'agence.

Ils avaient passé la nuit à se demander comment l'interroger.

— Marteau-piqueur ? suggéra Doyle.

— Trop bruyant.

— Dynamite ?

— J'aimerais mieux éviter de pulvériser l'agence. D'ailleurs je ne veux pas le torturer, juste l'intimider assez pour qu'il nous donne les informations dont nous avons besoin.

— Eh bien, nous ferions bien de deviner ce qui l'effraie avant son réveil, parce que pour l'instant, c'est *moi* qui ai peur de *lui*.

La porte s'ouvrit sur Cordélia.

— Elle est de retour… Cordélia Détective Privé. Bientôt sur vos écrans…

Elle s'arrêta dès qu'elle vit leur « invité ».

— C'est ça, un Quakedémon ? Je l'imaginais plutôt comme une sorte… d'Amish.

— Tu veux parler d'un Quaker, corrigea Doyle. Ceux qui donnent leur nom aux flocons d'avoine.

— Les flocons d'avoine sont produits par des démons ? Pas étonnant que je préfère les croissants ! Que fiche-t-il ici ?

— Nous essayons de le faire parler, dit Angel.

— Eh bien, si j'étais vous, je commencerais par le réveiller.

La jeune fille prit un verre d'eau posé sur le bureau et le jeta à la face du Trembleur.

— Non, Cordy ! cria Doyle.

— Trop tard, grogna Angel.

Le démon ouvrit les yeux. Ses chaînes vibrèrent de façon alarmante… Des maillons se brisèrent.

— Eh ! protesta Cordélia. C'est MA chaise !

— A plat ventre ! cria Angel.

La chaîne explosa, expédiant des morceaux de métal à travers la pièce.

Le Trembleur bondit sur ses pieds.

— Génial ! grommela le vampire entre ses dents. Je suis à court de pic…

Il se releva et fit face au démon.

— Rends-toi ou tu seras détruit !

— Jamais !

Il frappa, mais Angel évita le coup. La queue du démon balaya le sol, renversant la table.

— Arrête-le ! cria Cordélia.

— Des armes ! renchérit Doyle.

Le demi-démon se précipita dans le bureau et avisa, accrochée au mur, une épée presque aussi longue qu'il était haut. Il la prit sans hésiter, à deux mains, et la hissa sur son épaule.

Angel faisait de son mieux pour rester hors de portée du Trembleur, pendant que Cordélia le déconcentrait en lui jetant tout ce qui lui passait sous la main. Doyle rassembla son courage et cria :

— Recule ! C'est une épée magique !

Le Trembleur hésita.

— C'est vrai ? demanda Cordélia.

Angel lui lança un regard sévère.

— Quoi ? s'étonna Doyle. Tu n'as jamais entendu parler de Pourfendeuse de Pierres ? Celle qui casse plus de rocs que…

— Que n'importe quelle autre épée au monde ! acheva Angel.

Le Trembleur leur jeta un regard noir.

— *J'ai entendu parler de cette arme.*

— Angel ! Doyle ! lança Cordélia. Ici ! Vite !

Elle ouvrit la fenêtre.

Angel et Doyle se regardèrent. Le vampire hocha la tête et ils chargèrent le démon.

Angel lui flanqua un coup de pied à la tête ; Doyle le frappa au ventre. Avec l'épée, sans blesser le démon, ils le déséquilibrèrent. Il tomba à la renverse… et aurait basculé par la fenêtre s'il n'avait réussi à se raccrocher au rebord.

— *Nooon ! Le Vide ! LE VIDE !*

Affolé, il regarda le ciel.

— Trop grand, gémit-il. Trop grand…

Il semblait sous le choc.

Ils le tirèrent en arrière, Angel prenant garde de ne pas s'exposer aux rayons du soleil. Le Trembleur s'effondra. A cet instant, il n'avait pas l'air plus dangereux qu'un chiot.

— Bien sûr ! s'écria Doyle. Il a passé sa vie sous terre… Il est agoraphobe !

— Il a peur des pulls ? s'étonna Cordélia.

— Non, corrigea Angel. Il est terrifié par les espaces à ciel ouvert !

— En fait, je voulais que vous le flanquiez par la fenêtre… C'est vrai, regardez ce carnage ! Ne pourriez-vous pas vous battre ailleurs, pour changer ?

— *Ne t'es-tu jamais demandé pourquoi nous ne faisons rien ?* demanda Baasalt.

— *Jamais*, répondit Feldspaar.

Baasalt et lui emportaient leur victime chez eux. Ils marchaient depuis longtemps, s'enfonçant dans les entrailles de la terre.

Feldspaar songeait souvent à Maarl. La mort était une chose rare chez les siens… Comment croire que son compagnon était parti pour de bon ?

— *Nous vivons*, continua Baasalt, *sans affecter le monde autour de nous. Les prêtres-guerriers ont leurs devoirs sacrés, mais les Trembleurs se contentent d'exister. Ne crois-tu pas ?*

— *Je crois que tu devrais retirer cette chose de ta tête*, répondit Feldspaar.

Baasalt avait refusé d'enlever le pic sous prétexte qu'il ne lui faisait aucun mal.

— *C'est une sorte d'artefact magique*, déclara-t-il. *Grâce à lui, j'ai un regard neuf.*

— *Tes pensées sont étranges. Elles ne coulent pas de façon ordonnée.*

— *Elles ne coulent pas... elles jaillissent !* (Baasalt s'arrêta et écarta les bras.) *Si je pouvais exprimer ce que je ressens !*

Feldspaar ne sut que penser de cela.

— Parle, ordonna Angel, ou j'ouvre de nouveau la boîte !

Ils étaient sur le toit de l'immeuble. Avec des couvertures, Doyle et Cordélia avaient fabriqué une sorte d'abri anti-solaire pour leur patron. Le Trembleur était enfermé dans une énorme caisse récupérée dans la ruelle.

Assis sur une chaise de jardin, sous sa tente improvisée, Angel tenait une corde attachée au couvercle en carton.

— *Non, je ne trahirai pas mon peuple !*

Le vampire tira sur la corde, laissant entrer un peu de lumière dans la caisse.

Aaaah ! Non, pas le Vide ! Je vous dirai tout !

Doyle et Cordélia observaient la scène de loin.

— Ça me donne la chair de poule, dit la jeune fille. Tu entends ça ? Il parle sans vraiment parler... dans nos crânes ! J'espère qu'il ne peut pas transformer nos cerveaux en bouillie…

— Je ne crois pas qu'il faille nous inquiéter de ses pouvoirs, répondit Doyle. Il n'a même pas compris qu'il pouvait fermer les yeux.

— Parle-moi de la quatrième victime, dit Angel. Qui est-ce ?

— *J'ignore le nom de l'Habitant-de-la-Peau*.

— Mais tu sais où le trouver.

— *Baasalt le sait. Son filament connaît l'odeur du lieu marqué*.

— Baasalt. Est-ce le nom de votre chef ?

— *C'est le premier prêtre-guerrier. Son devoir est de trouver les Quatre*.

— Tu as parlé de « lieu marqué ». De quelle manière le sont-ils ?

— *Par nos alliés qui vivent à la Surface de la Peau du Monde. Ça nous facilite la capture des Quatre*.

— Et qui sont vos alliés à la Surface de la Peau du Monde ?

— *Des Habitants-de-la-Peau, comme vous. Ils parlent uniquement à Baasalt*.

— Ont-ils un nom ?

— *Je ne sais pas*.

Angel tira de nouveau sur la corde, soulevant une seconde le couvercle du carton. Le cri mental de terreur du Trembleur fit tressaillir Doyle et Cordélia.

— Dis-moi leur nom ! Les Serpentines ? Wolfram & Hart ? *Parle !*

— *Pitié, laissez-moi…*

Une brise soufflait sur le toit de l'immeuble. Elle changea soudain de direction. Angel aurait juré sentir un parfum de citronniers et une odeur de bois brûlé.

Baasalt et Feldspaar se tenaient devant le Conseil Fondamental. Les conseillers étaient six, placés en demi-cercle dans une grotte. On aurait dit autant de colonnes de pierre... Debout entre le sol et la voûte, ils ne faisaient qu'un avec leur environnement.

Les prêtres-guerriers avaient livré leur victime. Baasalt faisait son rapport.

— *Le chaos règne sur la Peau du Monde. Nous avons accepté l'aide des Habitants-de-la-Peau pour cette raison. Ils peuvent naviguer sur les courants changeants de leur culture pour nous procurer ce que nous cherchons. Mais il y a un autre moyen de substituer l'ordre de notre société au désordre de la leur.*

— *Continue.*

— *Nous devons dominer la Peau du Monde.*

— *Impossible ! C'est une rivière bouillonnante !*

— *Il faudra construire un barrage sur cette rivière pour la domestiquer. Nous devons changer la Peau du Monde en un lieu où règne l'ordre.*

Baasalt fit les cent pas devant les conseillers. Le pic enfoncé dans son crâne montait et descendait au rythme de ses hochements de tête.

— *Nous pouvons le faire, Grand Batholith !*

— *Quoi ? Dévaster la Peau du Monde ? Et où trouverions-nous des victimes à sacrifier pour le Compactage des Ames ?*

— *Je ne suggère pas que nous attaquions la Peau du Monde, mais le Vide lui-même !*

Le Conseil Fondamental poussa un cri mental unanime.

— *Impensable !*

— *Rien n'est impensable. Je le comprends, maintenant... Par endroits, le Sang du Monde envahit la Peau. Parfois, il jaillit vers la Surface... et le Vide s'emplit de petites particules du Sang du Monde.*

— *Nous savons cela. Le Vide les transforme et elles se déposent, redevenant un avec le Corps du Monde.*

— *Mais est-ce seulement le Sang qui subit une transformation ? Le Vide lui-même ne s'en trouve-t-il pas changé ?*

— *Ce sont des questions, pas des réponses.*

— *Si nous posons les questions, nous trouverons les réponses ! Par exemple : qu'arriverait-il si le Sang du Cœur du Monde était lâché sur la Peau... Pas en quelques malheureux endroits, mais en des milliers en même temps ? Avec toute la force majestueuse dont il est capable ? Qu'arriverait-il, estimés conseillers ?*

Le Conseil Fondamental resta silencieux. Des heures passèrent avant que le débat ne reprenne.

Le Batholith répondit enfin :

— *Le Vide, aussi terrible soit-il, n'est pas plus puissant que le Sang du Monde. Si nous le voulions, le Vide serait comblé.*

Le Vide, comblé... Un concept que les Trembleurs n'avaient jamais envisagé, excitant et blasphématoire à la fois.

— *Nous devons y réfléchir. Remplis ta mission. Ramène-nous le Quatrième... et nous en reparlerons.*

— *Comme il vous plaira.*

Doyle et Cordélia attendaient dans l'agence.

— Ce n'est pas comme s'il le *torturait*, dit-elle.

— Bien sûr que non !

— Et nous essayons d'empêcher quelque chose de terrible de se produire.

— Parfaitement !

Cordélia ramassa les feuilles éparpillées sur son bureau, puis les rangea dans un placard.

— Et ce n'est pas comme si nous pouvions lui poser la question... « *S'il vous plaît, monsieur le Démon ?*

Nous savons que vous vous apprêtez à détruire la ville, alors si vous pouviez nous donner les informations dont nous avons besoin... » Aucune chance que ça marche !

Doyle se servit une tasse de café.

— Fort peu probable, en effet.

La jeune fille commença à ranger des papiers dans des dossiers cartonnés.

— Angel n'a pas le choix et sa longue expérience en matière de tortures lui servira...

— Je ne peux pas te contredire.

Cordélia regarda Doyle, furieuse.

— Veux-tu cesser d'être d'accord avec tout ce que je dis ? Je me sens assez mal comme ça !

— Tout doux, Cordy ! Ce n'est pas facile à justifier, mais c'est absolument nécessaire. Angel n'a pas l'intention de lui faire du mal, seulement de l'effrayer.

— Je sais. Mais je déteste me sentir coupable, d'accord ? Je n'ai pas l'habitude.

— Rappelle-toi, nous sommes du côté des anges.

— Pitié ! Epargne-moi tes mauvais jeux de mots.

— Je doute que les « bons » jeux de mots existent...

— Je crois lui avoir soutiré tout ce qu'il sait, annonça Angel en entrant.

— Est-il... ? commença Cordélia.

— Quoi ?

— Toujours en un seul morceau ?

— Pas vraiment. En fait, il a éclaté en *mille* morceaux.

— Quoi ? s'écria la jeune fille.

— Oui, en atterrissant... Je l'ai poussé du toit.

— Angel, ce n'était pas nécessaire ! s'indigna Cordélia. Bien sûr, c'est un démon hideux qui t'aurait tué à la première occasion… Toi, nous, et tous les habitants de la ville… Oh… Oublie ça…

— Relax ! dit le vampire. Je plaisantais. Il est toujours dans sa boîte.

— Qu'as-tu découvert ? demanda Doyle.

— Peut-être l'endroit où ils comptent enlever leur prochaine victime. Au fait… même s'il leur manque une personne connectée à la terre, ils ne sont pas à la recherche d'un Serpentine.

— Et pourquoi pas ? demanda Cordélia.

— Il l'ignore. Une chose est sûre : les siens n'ont rien contre les Serpentines. Ils se sont attaqués à eux à la demande de leurs mystérieux alliés. Il m'a dit que la terre était l'élément essentiel de leur cérémonie ; la victime qui y est connectée est choisie avec un soin particulier. Il sait quelle direction ils allaient emprunter et quand l'enlèvement aura lieu. Il m'a transmis une image mentale de la distance à parcourir.

Angel leur fit signe de le suivre dans son bureau, où la carte était toujours étalée sur le sol.

— Le prochain enlèvement aura lieu… ici.

— Je connais ce quartier, dit Doyle. Il y a un grand cimetière, juste là…

Il tapota la carte de l'index.

— Un cimetière. Logique…, admit Angel. J'aimerais savoir pourquoi ils ont décidé de laisser les Serpentines tranquilles, surtout après avoir dévasté leurs appartements. Quelque chose ne colle pas.

— Je suppose que nous allons y aller ? demanda Doyle.

Angel acquiesça. Le demi-démon s'étira et bâilla.

— Très bien. Dans ce cas, il vaut mieux dormir un peu.

— Excellente idée.

— Bonne nuit, patron !

Doyle salua Cordélia et sortit.

La jeune fille se tourna vers Angel.

— Est-ce difficile ? De torturer quelqu'un, je veux dire ?

— C'est… éreintant, émotionnellement parlant.

— Parce que faire souffrir te coûte ou parce que tu manques de pratique ?

— Tu serais surprise de découvrir à quelle vitesse ce genre de talent te revient… C'est comme faire de la bicyclette, je suppose.

— Ou entraîner quelqu'un dans un placard à balais… As-tu d'autres éléments ?

— Comme quoi ?

— Je ne sais pas, moi… Son nom, par exemple.

— Règle numéro un du maître en tortures : ne jamais *individualiser* sa victime. Si tu commences à penser à elle comme à une personne, adieu l'objectivité et le détachement professionnel !

Cordélia fronça les sourcils.

Angel soupira.

— Il s'appelle Maarl…

— Je le savais : en tirer une bonne dose de culpabilité de premier choix est plus fort que toi ! Comme si je pouvais dire non à des soldes !

Angel s'assit à son bureau.

— Eh bien, j'avoue… Je n'ai jamais été un bourreau très « objectif ». En général, le nom était la première chose que je soutirais à ma victime… Ça donnait une dimension plus intime au processus.

— Ça, c'est le genre de remarques qui me fait regretter que nous nous connaissions assez pour nous tutoyer… Dire que les gens prétendent être effarés en entendant certaines choses sortir de *ma* bouche…

— Pour en revenir à cette histoire de culpabilité… Je ne cherchais pas à en ressentir davantage. Je voulais seulement me mettre à la place d'un Trembleur, déterminer qui ils sont et ce qu'ils veulent.

— Ne savons-nous pas déjà ce qu'ils veulent ?

— Enlever des êtres humains, oui… mais pourquoi ? Maintenant, je le sais.

Cordélia ramassa une pile de livres sur le bureau du vampire et les remit sur les étagères.

— Dormirais-je mieux si je reste dans une bienheureuse ignorance ?

— C'est leur manière de se reproduire.

— Il y a là matière à une plaisanterie si évidente que je suis contente que Doyle soit rentré chez lui.

— Euh… oui. Bien. Le rituel du Compactage des Ames ne provoque pas seulement un tremblement de terre. Il collecte les âmes de ceux qui ont trouvé la mort dans les secousses, puis il les… compacte – littéralement. Il faut une centaine d'âmes humaines pour que naisse un Trembleur. Apparemment, c'est parce que leurs corps sont très denses.

— Inutile de me le préciser. Ma chaise est en miettes.

Cordélia rangea un dernier livre dans la bibliothèque.

— Alors, au lieu d'avoir des rapports sexuels, ils se reproduisent en tuant des tas de gens et en se servant d'un rituel spécial pour fourrer leurs âmes dans le corps d'un nouveau démon. Mais que font ces démons quand ils ne préparent pas leurs grands sacrifices ?

— Ils pensent.

— A quoi ? A de nouvelles techniques de compactage ?

— Aux mathématiques, surtout. Ils jouent aussi à des jeux télépathiques. A côté, les échecs sont ravalés au rang du morpion. Ils méditent.

— Alors ils sont comme… les débiles.

— Je te demande pardon ?

— Tu sais, un *débile*. Tout individu qui, au lycée, passe son temps à faire des maths, à jouer aux échecs et qui n'a personne avec qui sortir.

— Oh, un extraterrestre…

— N'essaie pas d'en faire des héros ! Ce sont des *perdants*. Crois-moi, je le sais !

Cordélia s'assit en face du vampire.

— Parce que tu étais une gagnante ?

— Oui. Mais je *suis sortie* avec un perdant.

— Alex.

— Oui. Et ne prononce jamais son nom sans cracher… Au fait, les vampires *peuvent*-ils cracher ?

— Si un perdant dans son genre a pu trouver des copains avec qui passer son temps, ça montre que les exclus n'existent pas… Il n'y a que de petits groupes d'individus. Certains ont de meilleurs goûts vestimentaires que les autres, voilà tout.

— C'est une façon de voir les choses. Mais ça peut marcher tant qu'il existe des individus comme toi…

— Eh bien, personne n'était vraiment *comme* moi, alors ça a été plutôt difficile. Mais je m'en suis sortie.

Angel la regarda sombrement.

Cordélia fronça les sourcils.

— Oh, tu parlais de *toi* ! Eh bien, ça s'applique à ton cas. Il n'y a personne *comme toi* non plus.

— Merci. C'est très rassurant.

— Personne ne ressemble à personne, Angel. Tout le monde est différent.

— Alors tout le monde est seul ?

— Angel, tu es une publicité ambulante pour le Prozac. Les gens ne passent pas du temps ensemble parce qu'ils se ressemblent.

— Je suppose que non. Ils s'unissent parce qu'ils

ont des intérêts ou des ennemis communs, ou pour des questions d'argent.

— Hum, oui… ou parce que la solitude, ça craint ! Crois-moi, ça te pompe tout ton sang…

— Doyle n'est pas le seul à faire de mauvais jeux de mots !

— Désolée… Tu ne devrais pas dormir un peu ?

— Tu as raison. A plus tard.

Angel se dirigea vers le monte-charge. Il referma la porte métallique et hésita…

— Cordélia ?

— Quelle était la plaisanterie si… évidente ?

— Angel ! Quand les Trembleurs se reproduisent…

— Quoi ?

— La terre tremble.

— *Je ne crois pas que ce soit une bonne idée*, pensa Feldspaar.

— *Je veux tester une de mes théories*, répondit Baasalt. *Ce ne sera pas long*.

C'était la période que les Habitants-de-la-Peau appelaient « jour ». Dans le Vide, l'orbe dispensait une lumière aveuglante.

Feldspaar trouvait cela effrayant et… contre-nature.

Une structure au toit transparent les protégeait du Vide *et* les y exposait. Par bonheur, des plantes très laides jetaient des ombres apaisantes. Au lieu d'être tordues, noires et rabougries, comme tout végétal qui se respecte, ces horreurs avaient des excroissances vertes qui s'agitaient dès qu'on les frôlait.

Ils étaient accroupis au bout d'une allée. Feldspaar s'efforçait de ne pas lever la tête. Baasalt avait ramassé des éclats de granit si gros qu'il ne pouvait pas refermer le poing dessus.

— *Qu'attendons-nous ?* demanda Feldspaar.

— *Ça !*

Baasalt désigna quelque chose.

A l'autre bout de l'allée, un Habitant-de-la-Peau venait d'apparaître. Occupé par les plantes, il ne remarqua pas la présence des intrus.

Baasalt soupesa un de ses cailloux. Puis il fit une chose que Feldspaar n'avait jamais vue.

Il jeta le bras en avant et lâcha la pierre… qui *vola*.

Elle s'arrêta brutalement contre un tronc, près de l'Habitant-de-la-Peau, qui se tourna vers eux.

— Eh ! Que faites-vous ici… ?

Baasalt choisit une autre pierre et la lança. Feldspaar fut de nouveau surpris de la voir traverser le Vide… Cette fois, la pierre atteignit l'Habitant-de-la-Peau, qui s'écroula. Feldspaar regarda son supérieur. Baasalt contemplait le ciel. Une vaste étendue d'un bleu hideux contre-nature…

Les pensées de son chef n'étaient pas remplies de terreur, comme il s'y était attendu, mais d'une joie intense. C'en fut trop pour le Trembleur… Il se détourna de l'esprit de Baasalt. Une minute passa. Puis l'intensité des pensées de son supérieur diminua.

— *Baasalt ?* pensa Feldspaar. *Es-tu certain… d'aller bien ?*

— *Je ne me suis jamais senti aussi bien. Et il y a plus important… Je n'ai plus peur !*

CHAPITRE VII

Doyle était sérieux : il comptait perdre tout son argent au jeu. A un moment, il avait été dangereusement près de gagner… Fausse alerte !

Il n'avait plus que quelques dollars en poche. Il se payerait un verre avec. Il aurait pu s'offrir quelque chose de frivole – à manger, par exemple. Mais quand on avait un plan, mieux valait s'y tenir. S'il devait tout claquer, autant finir en beauté. Et il y avait une autre chose, qu'il s'était bien gardé de dire à Angel.

Bon sang ! Si ça ne donne rien, je verrai quel emprunt je peux encore souscrire. Histoire de m'endetter un peu plus…

Le bar qu'il avait choisi pour se délester de ses derniers billets n'était pas du genre à faire crédit. A côté, le bouge où il avait entraîné Angel ressemblait au salon du *Four Seasons*. La Happy Hour durait de sept heures à la fermeture… Evidemment, « Heure Joyeuse » sonnait mieux que « Acide A Toute Heure »…

Il n'y avait pas de bar proprement dit, mais une sorte de comptoir où un géant barbu servait à boire. Le demi-démon n'aurait pas été surpris outre mesure d'apprendre que le vrai barman gisait dans un coin, baignant dans son sang. En tout cas, le gaillard de service était un motard psychotique au visage couvert du pire tatouage au monde…

Il y avait quelques tables et des chaises dépareillées. Un cafard crapahuta sous les yeux de Doyle, avant de se heurter à un de ses congénères. Ce genre de bar…

A la seconde où Doyle porta son verre de whisky à ses lèvres, il entendit Graedeker lancer :

— A ton avis, quelle est *son* histoire ?

Il s'assit à la table de Doyle sans attendre d'y être invité. Le demi-démon ne l'avait pas entendu approcher. Graedeker avait un visage amical aux joues flasques. Le crâne dégarni, il portait un costume beige bon marché, sans cravate.

— Graedeker, dit Doyle en souriant. L'histoire de qui, au juste ?

— Celle du barman, bien sûr ! Ces tatouages… Bonté divine, je n'en avais jamais vu de pareils !

— Voilà ma théorie… Un jour, après un week-end de beuverie avec sa bande de motards, il rentre à la maison et retrouve sa régulière. Il lui saute dessus et lui vomit dessus avant de tourner de l'œil… La pauvre en a assez. Elle prend son aiguille électrique, de l'encre, et elle imprime sur son visage l'opinion qu'elle a de lui… Mais elle a très peur des représailles. Et voilà que leur fille de cinq ans fait son entrée… Elle aussi veut « dessiner sur papa ». Avec un sourire, sa mère lui tend l'aiguille, l'encre, et lui recommande de s'en donner à cœur joie.

Le bar employait comme serveuse une jeune femme, peut-être jolie. C'était difficile à dire, à cause de ses piercings et de son épaisse tartine de maquillage. Elle approcha et prit la commande de Graedeker sans desserrer les lèvres.

— Et elle ? demanda Graedeker.

— Elle est sourde et muette et court les concerts de trash en quête de vibrations fortes.

— Ah, Doyle… ! J'aime observer les gens, mais je n'arrive jamais à leur coller des histoires originales !

— Nous avons tous nos talents, pas vrai ? Et les tiens semblent plus rentables que les miens.

— L'état de tes finances laisserait-il à désirer ?

— Elles sont au plus mal. Je devrais même en parler au passé.

— Je vois. Peut-être puis-je t'aider ?

— J'espérais que tu dirais ça.

— As-tu quelque chose à mettre dans la balance ?

— Oui.

Doyle fourra la main dans sa poche, en sortit une amulette en forme d'œil et la fit glisser vers Graedeker.

— L'Œil de Tuskara ! Comment es-tu entré en sa possession ?

— C'est à mon patron. Il s'en est servi pour renvoyer un démon dans sa dimension. Alors, il doit avoir de la valeur.

— Disons que ça m'intéresse. Combien veux-tu ?

— Je cherche surtout des informations.

— Je ne dévoile jamais les secrets de mes clients.

— Je ne cherche pas d'informations sur eux mais sur certains de tes concurrents.

— Oh ? De qui s'agit-il ?

— Des Serpentines.

Graedeker fronça les sourcils. Il souleva l'amulette avant de jeter un coup d'œil autour de lui.

— Continuons cette petite conversation en privé. Ma boutique est au coin de la rue.

— Ça me va.

Le semi-remorque de Graedeker était garé à un pâté de maisons de là, sur un terrain vague envahi par les mauvaises herbes et les carcasses rouillées. A l'image de son propriétaire, il était tellement banal qu'il passait inaperçu. Graedeker frappa. Doyle entendit un bruit de verrous. Le démon qui ouvrit ne serait pas passé inaperçu, lui. Mesurant deux bons mètres, avec une peau blanche et écailleuse d'alligator albinos, il avait d'énormes yeux noirs et une bouche aux lèvres charnues garnie de longues dents incurvées.

— Je te présente Léo, dit Graedeker.

Léo tendit une main et aida Graedeker à monter. Doyle s'empressa de grimper à son tour avant que le démon ne lui propose son assistance.

— Léo est mon chauffeur, ajouta le maître des lieux. En mon absence, il garde la boutique.

Léo le salua. Doyle fit de même. Le démon, les bras croisés, prit la pose, imitant à la perfection une statue.

Doyle résista à l'envie d'applaudir.

— Bienvenue à la *Tulipe du Diable* ! dit Graedeker.

On ne dirait pas qu'on est à l'intérieur d'un poids-lourd…

On se serait vraiment cru dans une boutique de curiosités : une rangée de vitrines servait de comptoir, le reste de l'espace étant occupé par des tables et des présentoirs encombrés de toutes sortes d'objets : des masques africains, des têtes réduites, des têtes *non*-réduites, des bijoux, des armes, des statuettes en bois, des livres et des bocaux où nageaient des formes vaguement obscènes.

Les murs étaient lambrissés, la lumière entrant par une fenêtre qui occupait un pan de mur. Pourtant, Doyle n'en avait vu aucune dehors. Comment avait-elle pu lui échapper ? Puis il comprit…

On eût dit une scène sortie d'un livre de Dickens. Ces Londoniens de l'ère victorienne remontaient une rue enneigée. Certains passants s'arrêtaient pour regarder par la vitre, leurs mains en visière comme si l'intérieur était trop sombre…

— Pas mal, dit Doyle. D'où la tiens-tu ?

Graedeker s'affairait derrière le comptoir.

— D'un démon Ulgar... Cette fenêtre magique montre les lieux où elle était il y a un siècle.

Doyle prit une poupée vaudou et l'étudia.

— Eh bien, on dirait que tu as tout ce qu'il faut.

— Mon stock dépend des disponibilités du marché. Les Serpentines, *eux*, ont tout ce qu'un client peut désirer.

— J'en conclus que tu en sais long sur leur compte.

— Bien sûr. Je garde l'Œil de Tuskara. En échange, je te dirai tout ce que je sais.

— Si tu y tiens.

J'espère qu'Angel trouvera l'échange équitable.

— Les Serpentines... Voyons... Et si tu me disais ce que tu sais déjà ?

— Pas grand-chose. Originaires d'Irlande, leurs ancêtres étaient des serpents. Ils sont aussi forts pour dépenser de l'argent que pour en gagner. Le soleil les rend amorphes et ils savent choisir le scotch.

— Félicitations ! Il est rare qu'on en sache autant sur leur compte, même après avoir travaillé avec eux des années. (Graedeker sortit d'un placard une bouteille et deux verres.) A propos de scotch... Goûte-moi celui-là !

— Glen Culkhain ? Jamais entendu parler.

La bouteille était poussiéreuse. Sur l'étiquette, un dragon en armure se lovait autour de jambes énormes.

— Le contraire m'aurait surpris. Il est produit dans une dimension parallèle. (Graedeker reprit la bouteille et fit le service.) Il est distillé par des géants.

— Excellent ! dit Doyle après avoir goûté.

— Il a plus de cent ans d'âge...

— Tu traites tous tes clients de cette manière ?

— Non. J'ai eu cette bouteille par un type en

affaires avec les Serpentines. Si je te raconte son histoire, tu en sauras davantage sur *eux*.

— Je suis tout ouïe. Et toutes papilles…

— Son nom était Rudolpho Faranetti, mais ses amis l'appelaient Pic-à-Glace Rudy. Rudy appartenait à une dynastie new-yorkaise du crime, les Corzato. Il exécutait les sales besognes. Rudy était un atout pour sa famille *et* une épée de Damoclès… Ce pro savait résoudre les problèmes comme personne. Mais il en savait trop sur tout le monde… Bref, même si la famille Corzato se montrait très généreuse, Rudy savait qu'au moindre indice de trahison, il serait liquidé et un autre prendrait sa place. Inutile de dire que cela le stressait. Comme tous les gens sous pression, il s'était trouvé un passe-temps. Certains se tournent vers le jeu, d'autres vers les femmes. Rudy a choisi le scotch. Mais pas n'importe lequel… En fin connaisseur, il s'offrait les meilleurs single malt que l'argent illicite pouvait acheter. Un jour, il entendit parler du Glen Culkhain. On le disait distillé par une race de géants à partir de larmes de joie et d'orge récolté sur les tombes des vierges. Et il était réputé avoir un effet particulier sur celui qui le buvait. Rudy fit passer le mot : il voulait une bouteille coûte que coûte. Mais si on lui présentait une contrefaçon, il torturerait lui-même l'individu assez stupide pour avoir voulu le tromper… Il fut contacté par les Serpentines qui l'invitèrent à goûter avant d'acheter, afin de vérifier l'authenticité du produit. Rudy répondit qu'il en serait ravi. Ils se donnèrent rendez-vous dans une chambre d'hôtel. La représentante des Serpentines – une très belle jeune femme – permit à Rudy de se servir un verre. Il avait entendu une histoire étonnante au sujet de ce scotch : il aurait, disait-on, un effet très particulier… La femme le lui confirma. Rudy hocha la tête puis goûta. Il avait commis pas mal d'horreurs dans sa vie, mais c'était son boulot et il n'y pensait pas trop. D'habitude, Rudy ne connaissait pas les gens qu'il devait éliminer. Un jour, il avait eu pour cible un ami d'enfance… Il avait accepté le contrat, refusant qu'un étranger s'en charge. Depuis, il se sentait coupable… jusqu'à ce qu'il boive sa première gorgée de Glen Culkhain.

— Que s'est-il passé ?

— Sa culpabilité s'est envolée. C'est « l'effet particulier » de ce scotch. Il suffit d'en boire une gorgée en repensant à ce qui te torture et… Fini les remords ! Ce scotch t'apporte la paix. Il te *pardonne*.

— Vraiment ? Attends une seconde…

Doyle but et… soupira d'aise.

— Ah, Bridget, murmura-t-il. Chaque fois que je vois un contrôleur judiciaire, je pense à toi…

Il posa son verre sur le comptoir.

— L'absolution en bouteille… Combien de temps cette sérénité dure-t-elle ?

— Aussi longtemps qu'un autre scotch te soûle…

— Combien Rudy a-t-il payé ce miracle ?

— Je l'ignore, mais je peux te dire combien je le lui ai acheté : sept cent cinquante mille dollars.

— Pourquoi Rudy te l'a-t-il vendu ?

— Il devait quitter le pays. J'ai cru comprendre qu'il ne travaillait plus pour les Corzato.

Graedeker vida son verre et rangea la bouteille.

— Donc, les Serpentines ont accès à des produits plutôt… ésotériques… Mais vu leurs goûts, ça n'a rien de surprenant.

— Ce qui est troublant, c'est leur clientèle : politiciens, célébrités, p.d.-g… Ils gravitent dans les cercles influents.

— Ah ? Se sont-ils fait des ennemis puissants ?

— Ils auraient eu quelques déconvenues, ces derniers temps, après avoir décliné une offre immobilière très juteuse.

— Et saurais-tu, par hasard, de qui elle émanait ?

— D'un cabinet d'avocats, Wolfram & Hart.

— Ecoutez, dit Cordélia, je me fiche de ce que vous me ferez. Je ne trahirai jamais mes patrons.

Un beau blond au visage balafré sortit de l'ombre.

— Vous ignorez à qui vous avez affaire.

— J'en sais assez. Pour qui me prenez-vous, une sexetaire sans cervelle ? Euh, je veux dire, secrétaire…

— *Coupez !*

— Désolée ! cria la jeune fille. La prochaine fois, ma réplique sera parfaite, je vous le promets !

— Ça ira, mademoiselle Chase, dit le réalisateur. Nous ferons un montage de vos autres prises.

— Très bien. Merci !

— Veuillez sortir du décor, nous avons une audition.

Cordélia s'empressa de rejoindre Maureen, derrière l'équipe de tournage.

— Vous avez été formidable !

— Vous le pensez vraiment ?

La Serpentine serra la jeune fille dans ses bras.

— Bien sûr ! Allez, venez… Je vous invite à déjeuner.

Elles allèrent chez *Spago*. Entre deux bâillements, la Serpentine commanda un double espresso.

— Votre langue est normale ! s'étonna Cordélia.

— Parce que j'en ai deux, répondit Maureen. La fourchue est sous l'autre.

— Vous donne-t-elle des facultés démoniaques particulières ?

— Eh bien, elle est sensible aux changements de température. Je peux savoir si mon espresso est trop chaud sans y goûter ou ajuster l'eau d'un bain sans y tremper un orteil.

— Un pouvoir utile ! Voilà qui enfonce les petits trucs d'Angel…

Maureen étudia le menu.

— Je vais me laisser tenter par les raviolis à la dinde… Quel genre de « petits trucs » ?

— Et moi… une salade de homard. Pardon ?

— Vous me parliez des trucs d'Angel…

— La panoplie standard du vampire. Il est très fort. On ne peut le tuer qu'en l'exposant au soleil ou en lui plantant un pieu dans le cœur.

L'espresso de Maureen arriva. Elle remercia le serveur d'un sourire puis passa le bout de sa langue fourchue au-dessus de sa tasse.

— Il est trop chaud. Etant un vampire « différent », je croyais qu'il avait des dons particuliers…

— Non, il est standard. Il n'a pas de reflet, il ne supporte ni l'ail ni les croix ni l'eau bénite, et il doit être invité pour entrer dans une maison. Avec le peu d'avantages qu'il y a à être un vampire, et la foule d'inconvénients, à sa place, je porterais plainte !

— Reste la jeunesse éternelle…

— N'en bénéficiez-vous pas aussi ?

— En quelque sorte. Nous avons une grande espérance de vie et… certains trucs pour paraître plus jeunes. Mais quand une peau s'use, elle se détériore vite.

— Vous prenez des rides ?

— Plus ou moins. Alors, nous muons et nous recommençons un cycle.

— Si vous pouviez transmettre ce système aux

gens, vous mettriez tous les chirurgiens esthétiques au chômage.

— C'est moins idyllique qu'il y paraît. Ça démange terriblement. Je ne suis pas impatiente de remettre ça…

Le serveur revint avec leur commande. Maureen commanda un autre double espresso.

— Si je peux me permettre, quel âge avez-vous ? demanda Cordélia.

— Sept cents ans.

La Serpentine éclata de rire devant l'expression de Cordy.

— Désolée, je n'ai pas pu résister. J'ai vingt-huit ans. C'est ma deuxième peau et elle n'a que trois ans.

— Humour de serpent, hein ?

— Non, humour tout court, corrigea Maureen. Nous ne sommes pas très différents de vous, vous savez.

— Sauf que vous connaissez des gens chez Paramount. Je ne pourrai jamais vous remercier assez de m'avoir décroché cette audition.

— Pas de problème. Quand on nous tend la main, nous renvoyons toujours l'ascenseur…

— Tout ça ne nous aide pas beaucoup, dit Rome.

En face de lui, un petit homme rondouillard et nerveux faisait rouler la pointe de sa moustache entre le pouce et l'index – un tic qui irritait Rome.

L'homme s'appelait Emilio Maldonado.

— Ecoutez, je ne pratique pas une science exacte. Je ne peux pas prévoir les effets *exacts* d'un tremblement de terre de grande magnitude, car nous n'en avons jamais connu, mais seulement me fonder sur ce que nous avons appris de celui de 94 et en tirer quelques extrapolations.

— Je m'en contenterai…

Une carte de Los Angeles était étalée sur le bureau de Rome. Maldonado désigna la vallée de San Fernando.

— Le 19 janvier 1994, à 4 heures 31 précises, il y a eu un séisme à dix-neuf kilomètres au sud de Northridge, soit à trente-deux du centre de Los Angeles. Magnitude 6,7 – sachant que celui de San Francisco, en 1989, avait été de 6,9.

Maldonado tapota un endroit sur la carte.

— Il était dû au déplacement des plaques. Je m'explique : les plaques tectoniques se touchent par endroits. Parfois, l'une d'elles se soulève, forçant sa voisine à s'enfoncer. Ce type de tremblement est le plus destructeur, comme le prouve celui d'Arménie, en 88, avec ses 80 000 morts.

— Parlez-moi des dommages matériels.

Maldonado s'éclaircit la gorge.

— J'allais y venir. Le tremblement de terre de Northbridge a tué 57 personnes « seulement », mais il fut le plus ruineux de l'histoire américaine – pas moins de quarante milliards de dollars. Ce genre de tremblement de terre fait d'importants dégâts sur la plomberie, les tuyaux de gaz, etc. Même si la structure extérieure est intacte, le bâtiment est fichu.

— Inutile de briser les reins d'un homme pour en faire un handicapé, dit Rome. Certains organes internes sont très vulnérables.

— Je… saisis l'analogie, bredouilla Maldonado. Euh… (Il consulta ses notes.) Sur les soixante-six mille six cent quarante-six habitations inspectées, six pour cent étaient gravement endommagées et dix-sept pour cent légèrement. Bien sûr, les voies de communications avaient aussi souffert. On pourrait comparer ça à une maladie des artères et des veines.

— Je suppose.

— Nous avons eu beaucoup de chance. La catastrophe s'est produite tôt le matin, pendant les vacances, et toutes les grosses structures – les parkings, par exemple – qui se sont écroulées étaient vides. Sinon, il y aurait eu beaucoup plus de morts.

Le sourire de Rome fit froid dans le dos à Maldonado.

— Hélas, un autre séisme risque de survenir dans les trente prochaines années – à côté, celui de Northbridge fera figure de ridicule secousse…

— Des détails, je vous prie.

— Je parle d'un tremblement de terre d'une magnitude au moins égale à 8. Soit celle de San Francisco en 1906. Les probabilités sont…

— Les probabilités ne m'intéressent pas. Les effets du séisme, oui.

— Les dommages, surtout quand il s'agit d'une ville côtière, sont souvent indirects. Commençons par la rupture des arrivées de gaz. Le feu fait rage. Aucune alarme ne se déclenche parce que les systèmes souterrains passent par des conduits détruits. Il n'y a plus ni électricité ni téléphone. Les pompiers ne peuvent pas atteindre les incendies car les routes sont bloquées par les éboulements. Si une équipe passe, elle ne trouvera pas d'eau. Mais les feux ne restent pas longtemps un problème. Les barrages rompus, des trombes d'eau déferlent sur la ville. Au sujet des bâtiments… Ceux qui résistent le mieux sont les bâtiments à armature métallique… ou du moins le croyait-on. Mais les tests effectués après le tremblement de terre de Northbridge ont montré que les dégâts, s'ils n'étaient pas toujours spectaculaires, exigeaient des réparations coûteuses.

— Avez-vous une liste de ces immeubles ?

— Oui, la voilà.

— Vous pouvez disposer, dit Rome.

Maldonado obéit.

— *Que faire maintenant ?* demanda Feldspaar.

Il avait désespérément besoin d'une réponse – *n'importe laquelle*. Son existence était chamboulée !

— *Effectuer d'autres recherches*, dit Baasalt.

— *Des recherches ? Je ne comprends pas. N'as-tu pas découvert ce que... ce que tu voulais savoir ?*

Feldspaar ne pouvait pas se résoudre à mentionner l'incident de « la pierre traversant le Vide ». Il préférait ne plus y penser.

Ils étaient dans un égout, sous la ville. Baasalt avait détruit quelques câbles qui couraient au plafond du boyau. Selon lui, les Habitants-de-la-Peau enverraient quelqu'un réparer.

Feldspaar se demandait comment les Habitants-de-la-Peau s'apercevraient des dégâts. L'explication de Baasalt lui avait donné le vertige. C'était en rapport avec les multiples façons dont le monde des Habitants-de-la-Peau était interconnecté... Quelle société chaotique !

Les Trembleurs, eux, étaient reliés par des chemins – ou plutôt des tunnels – mentaux.

— *J'ai d'autres découvertes à faire*, dit Baasalt, *si je veux convaincre notre peuple de changer.*

— *Le Conseil Fondamental a dit qu'il examinerait ta proposition !*

— *Il n'acceptera pas mes recommandations. Mes plans sont trop avant-gardistes. Pour faire entendre mes idées, je dois parvenir à convaincre la majorité de nos frères... Et j'ai une idée sur la façon de m'y prendre...*

La lumière d'une torche déchira l'obscurité. Un clapotis, dans l'eau sale, accompagnait ses balancements.

Un Habitant-de-la-Peau ! Un « mâle » reconnaissable aux poils qui lui couvraient le visage…

Baasalt et Feldspaar étaient cachés dans un coude du tunnel… L'Habitant-de-la-Peau se dirigeait vers eux. Quand le faisceau lumineux les éclaira, Feldspaar se figea, aveuglé.

— Bon sang, qu'est-ce que… ? grogna l'Habitant-de-la-Peau.

Baasalt l'assomma d'un coup de queue. La lampe tomba dans l'eau croupie.

Baasalt saisit l'Habitant-de-la-Peau par un poignet et le remit debout. Le mâle se débattit furieusement quand le Trembleur prit possession de son esprit.

Les prêtres-guerriers étaient entraînés à établir un contact mental avec d'autres espèces. Baasalt s'introduisit dans l'esprit de sa victime et le pilla.

Feldspaar en fut choqué. C'était comme… rien de connu !

Baasalt rompit le contact. Sa victime s'effondra contre la paroi, sans connaissance.

Oui, ça fera l'affaire. Parfait… Exactement ce que je voulais !

Il rebroussa chemin. Feldspaar hésita, puis lui emboîta le pas.

— Voici ma fille, Fiona, dit Maureen.

— Oh, elle est *adorable* ! fit Cordélia. Et elle semble tellement *normale*. Vous voyez ce que je veux dire ?

La petite Serpentine leva la tête, l'air dubitatif.

Encore bébé, elle avait des cheveux blonds bouclés et de grands yeux bleus.

— Vous voulez dire qu'elle semble humaine…, comprit Maureen. Mais elle ne l'est pas. Elle a passé neuf mois dans un œuf, pas dans mon ventre.

— Un œuf ? Vous savez, j'ai failli m'écrier : « Beurk ! ». Mais ça paraît plus sympa que la méthode normale. Enfin, humaine…

— Nous ne souffrons pas de nausées matinales, de maux de dos ou de sautes d'humeur. Notre seul souci, c'est nous assurer que l'incubateur est bien branché.

— Sans parler des autres avantages : pas de vêtements de maternité, ni – et c'est un sérieux plus – de cellulite, renchérit Cordélia. Ça me semble trop beau pour être vrai.

— Ce n'est pas tout rose non plus. Je dois quand même jongler avec mon emploi du temps pour continuer à travailler en remplissant mes devoirs de mère. Bien sûr, nous avons une crèche. Les parents surveillent les enfants à tour de rôle.

— Les pères aussi ?

— Naturellement. Les Serpentines s'investissent dans l'éducation de leurs enfants.

— Vous avez ce magnifique appartement, un travail, des bébés et des pères qui prennent leurs responsabilités ? Dites-moi où je dois signer.

CHAPITRE VIII

De retour à l'agence, Doyle répéta à Angel ce qu'il avait appris sur les Serpentines.

— Wolfram & Hart sont donc impliqués dans cette affaire. La question, c'est de quelle manière ?

— Reprenons depuis le début, proposa Angel.

— *Primo*, quelqu'un a demandé aux Trembleurs de s'attaquer aux Serpentines. *Secundo*, Wolfram & Hart sont liés aux victimes… *Tertio*, quelqu'un renseigne les Trembleurs sur les victimes potentielles. En échange, les Trembleurs se chargent d'effrayer les Serpentines.

— Mais que veulent Wolfram & Hart ? Si c'était l'immeuble, ils ne prendraient pas le risque de le détruire.

— Peut-être est-ce une affaire de chantage, suggéra Doyle. Les Serpentines sont très riches.

— Possible. Mais il y a une chose que notre employeur se garde bien de nous préciser. Il est temps que j'aie une petite conversation avec Galvin.

— Avant ou après ton dîner avec Kate ? A propos, ne vas-tu pas être en retard ?

Baasalt et Feldspaar n'étaient pas retournés parmi leur peuple. Pas *physiquement*. A mi-chemin entre le « foyer » des Trembleurs et la Peau du Monde, le premier prêtre-guerrier émit son message.

— *Peuple de la Quatrième Tribu, entends mes pensées. Moi, Baasalt, premier prêtre-guerrier, j'ai des connaissances à partager avec tous.*

Une telle annonce était inhabituelle. Les démons cessèrent leurs exercices mentaux, leurs calculs, leurs méditations, leurs communications, et ils écoutèrent.

— *J'ai un nouveau jeu à proposer*, continua Baasalt.

C'était excitant ! Les nouveaux jeux apparaissaient environ tous les deux ou trois siècles.

Baasalt forma dans son esprit l'image d'une pierre sphérique.

— *C'est une « balle ». Le but du jeu, c'est d'atteindre l'intersection de deux variables, l'une étant la trajectoire de la balle, l'autre une variable complexe et mouvante – appelée un Humain – placée à l'intérieur d'un ensemble de paramètres établis, autrement dit le Champ. Le jeu est prévu pour neuf joueurs. Ils se placent mentalement à neuf points prédéterminés du Champ. Chacun a une balle. La variable complexe est placée sur un point appelé le Marbre. Le joueur appelé le Lanceur propulse sa balle selon un ensemble de principes mathématiques : la vitesse, l'inertie et la trajectoire. Le but est d'entrer en intersection avec la variable complexe afin de réduire sa valeur. Une fois la balle lancée, la variable complexe avance sur un axe prédéfini vers une position appelée Première Base. Si la balle touche la variable complexe et lui fait perdre connaissance, le point est accordé au Lanceur et une autre variable complexe est amenée sur le Marbre. Si la balle n'entre pas en collision avec la variable complexe, elle continue sur sa lancée. Le joueur placé à la Première Base essaie à son tour de la toucher avec sa balle. Si la variable complexe réussit à atteindre la Première Base sans être éliminée, elle continue vers la Deuxième Base, où le joueur tente à son tour de l'arrêter. Le jeu continue ainsi jusqu'à ce que la variable complexe ait fait un tour complet pour rejoindre le Marbre. Les joueurs du Champ Extérieur peuvent essayer de l'intercepter à tout moment. Les positions sont interverties neuf fois. A la fin, le joueur qui a marqué le plus de points a gagné.*

Excités, les Trembleurs voulurent connaître le nom de ce jeu.

— *On appelle ça le Lancer de Pierre*.

— Angel ? Avez-vous entendu ce que j'ai dit ?

Le vampire leva la tête. De l'autre côté de la table, Kate le regardait.

— Euh… Non, désolé. Vous disiez ?

— Comment est votre soupe ?

Angel jeta un coup d'œil à son bol de soupe.

— Elle est… Il y a trop de morceaux à mon goût.

— Je ne peux pas croire qu'un régime de bouillon clair vous maintienne en pleine forme ! Je devrais peut-être essayer…

Angel but une gorgée de saké.

— C'est… davantage qu'un simple régime : une hygiène de vie, avec quantité de choses à éviter. Ce n'est pas recommandé à tout le monde.

— Quel genre de choses ?

Kate prit un morceau de sushi avec ses baguettes et le trempa dans un mélange de wasabi et de sauce soja.

— Oh, certaines épices, l'exposition au soleil, le bois…

— Le bois ?

— Certains types de bois. Ils peuvent provoquer une réaction allergique.

— Oh, je vois. A l'école de police, une fille était

allergique au bois de santal. Dès qu'elle approchait d'un bâton d'encens, elle attrapait des boutons.

— L'encens ne me convient pas non plus. Surtout celui des églises catholiques.

— C'est drôle… Je n'aurais jamais cru que vous étiez ce genre de personne.

Angel porta son bol de soupe à ses lèvres, à la manière japonaise.

— Au moins, c'est assez salé… De quel genre parlez-vous ?

— Le style régime fade à la Californienne. Je vous connais encore moins bien que je ne l'avais cru.

— Je suis plus habitué à demander des informations qu'à en fournir.

— Pas cette fois. Vous êtes coincé ici avec moi. Et vous devrez faire un effort de conversation.

— *Ouch !* Etes-vous toujours aussi dure pendant les interrogatoires ?

Kate prit un autre morceau de sushi.

— D'accord, je peux faire un effort de conversation…

La voix d'Angel mourut.

Kate attendit.

— C'est une belle nuit, dit le vampire.

— Le nuage de pollution n'est pas trop dense…

Une pause.

— Comment est votre sushi ?

— Cru.

— Avez-vous vu un bon film, récemment ?

— J'ai loué *Usual Suspects*. Kevin Spacey est si brillant !

— Je ne l'ai pas vu. En fait, je ne vais pas souvent au cinéma.

— Très bien. Ne parlons plus cinéma. Les sports, peut-être ?

— Je ne m'y suis jamais intéressé.

— Les livres ?

— Je lis beaucoup, mais surtout pour mes recherches. Sinon, j'aime la poésie et les classiques.

— Pas de fiction moderne, ni de best-sellers ? J'aime beaucoup Tom Clancy.

— Mark Twain entre-t-il dans la catégorie « fiction moderne » ?

— La musique ?

— J'adore !

— Enfin un sujet qui nous mène quelque part. Quel genre de musique ?

— J'aime beaucoup la musique anglaise…

— Comme Oasis et Blur ? Ou des groupes plus anciens, les Beatles, les Who et les Stones ?

— Je pensais plutôt à Thomas Augustine Arne et à John Field.

Kate fronça les sourcils.

— Qui ?

— Des compositeurs du XVIIIe siècle.

— Anglais, je suppose ?

— Je n'aime pas que les Anglais ! Les compositeurs allemands et italiens étaient brillants aussi.

— Je vois.

— Vous ignorez de quoi je parle, hein ?

— Désolée. Mes connaissances en musique classique se limitent à ce que diffusent les stations de radio. Des vieux trucs.

— Eh bien… C'est une belle nuit, n'est-ce pas ?

Kate éclata de rire.

Que Dieu soit remercié d'avoir inventé le saké, pensa Angel en buvant une autre gorgée.

Kate fit mine d'être absorbée par son rouleau au thon. Angel se creusa la cervelle pour trouver quelque chose à dire… Mais qu'avaient-ils en commun ? Il était né dans un siècle qui ignorait le téléphone. Son monde à elle glorifiait la technique et la science. Le sien était la grande époque de la foi et du surnaturel.

Un jour, Angel était allé chez Doyle et il l'avait trouvé devant une série appelée *Alerte à Malibu.* Ce qu'il avait vu aurait pu se passer sur une autre planète, à la lumière aveuglante et aux couleurs incroyablement vives.

Parfois, Angel était presque soulagé de porter le poids de sa culpabilité. Ça l'empêchait de penser au monde des vivants qu'il avait perdu à jamais.

— Parlez-moi de votre affaire en cours, demanda la jeune femme. Mes informations vous ont-elles aidé ?

— Oui, merci.

— Quel genre d'affaire est-ce ? Des disparus connectés aux éléments... Une série de meurtres bizarres ?

— Pas exactement. J'espère que les disparus sont toujours en vie.

— Avez-vous des suspects ?

— Je... ne peux rien vous dire.

— Bien sûr. Alors... Une belle nuit, n'est-ce pas ?

— Euh... oui.

Angel commanda encore du saké.

— Cordy ! Que fais-tu ici à une heure pareille ?

— Je te poserais bien la même question, mais je connais déjà la réponse, puisque je t'ai trouvé endormi sur le canapé.

Doyle s'assit et s'étira.

— Angel m'a demandé de garder un œil sur M. Pierre-à-feu, notre invité. J'ignore pourquoi. Il est presque catatonique.

— Doyle, j'ai eu une journée incroyable ! Maureen m'a décroché une audition pour un film ! J'ai auditionné pour le rôle de la secrétaire du méchant. Je crois que je m'en suis bien tirée.

— Génial.

— Doyle, tu montres plus d'enthousiasme quand tu as un rendez-vous chez le dentiste !

— Cordy, je suis content pour toi. Mais je me méfie des Serpentines. J'ai découvert certaines choses à leur sujet.

— Quoi ?

Doyle se leva et allait se servir du café quand il avisa la bouteille de whisky, près de la cafetière.

— Café ou whisky ? marmonna-t-il. Ah, les choix cornéliens d'une vie trépidante…

Après mûre réflexion, il ajouta une rasade de whisky à sa tasse de café.

— Si seulement ils étaient tous aussi simples…

— Qu'as-tu découvert au sujet des Serpentines ? demanda Cordélia. Quelque chose de contagieux… comme de l'eczéma ? J'ai passé la journée avec Maureen, puis nous sommes allées au Domaine du Pommier et j'ai ces démangeaisons bizarres…

— Non, Cordy, rien de ce genre. Mais ils ne se contentent pas de vendre des voitures et des terrains immobiliers…

Il lui parla du tueur et de la bouteille de scotch.

— C'est tout ? Ils vendent des objets magiques ? La belle affaire ! Le scotch l'a-t-il transformé en… Ecossais-garou ?

— Non, mais nous parlons de démons, Cordy. Ils n'ont pas la réputation de *donner* ce qu'ils possèdent. Il y a toujours un prix.

— Celui-là était plutôt salé : sept cent cinquante mille dollars !

— C'est ce que Graedeker a payé. Il ignore ce que le tueur a déboursé… et c'est ce qui m'inquiète.

— Tu veux me faire croire qu'il aurait vendu son âme pour une bouteille de scotch ? Désolée, tu ne me feras pas *avaler* ça !

— A moi aussi, ça me semble tiré par les cheveux… Mais après cette transaction avec les Serpentines, sa chance a tourné.

— Selon ce raisonnement, Doyle, tu aurais dû vendre ton âme une douzaine de fois depuis que je te connais.

— C'est la seule chose que je n'aie jamais vendue, Cordy…

Feldspaar était fidèle à sa tribu et à ses croyances. Mais il l'était aussi au premier prêtre-guerrier. Il avait juré de lui obéir sans poser de question. Jusque-là, rien n'avait ébranlé sa foi. Les idées de Baasalt le stimulaient. Au début, il les avait trouvées dérangeantes. Mais plus il y pensait, plus leur logique lui apparaissait.

Feldspaar était un prêtre-guerrier… mais à part enlever des victimes, l'action lui était inconnue. Sa position consistait à maintenir le *statu quo* plutôt qu'à provoquer des changements. Jusqu'à maintenant.

— *Baasalt…* (Ils étaient de retour dans les égouts.) *J'aimerais te poser quelques questions.*

— *Bien.*

— *Ce jeu… es-tu en train de préparer notre peuple à se battre ?*

— *Bien vu ! Oui, c'est ce que je compte faire. Dès que les nôtres auront appris à penser en termes de possibilités dans un espace ouvert – au lieu de se rouler en boule à la seule évocation du Vide – ils seront prêts pour la prochaine étape.*

— *Laquelle ?*

— *Voir les Habitants-de-la-Peau comme une ressource inexploitée. Considérer la Peau du Monde comme un territoire qui nous revient de droit. Savoir que nous pouvons conquérir le Vide !*

— *Je te suivrai.*

— *Comme les autres…*

— Doyle ? As-tu entendu ? demanda Cordélia.

— Non !

— Tu en es sûr ? J'ai cru entendre un bruit.

— C'est généralement à ça que servent les oreilles…

Cordélia lui jeta un regard noir.

— Laisse l'ironie aux experts, Doyle. Tu connais au moins le sens du mot *expert* ?

Crash !

— Cette fois, j'ai entendu ! lança Doyle en bondissant sur ses pieds.

— On dirait que ça vient de chez Angel…

La jeune fille regarda nerveusement le monte-charge.

— Que devons-nous faire ?

— Aller voir ! suggéra Doyle.

THUMP !

— Tu es *dingue* ? Ça pourrait être une créature démoniaque ! Puisqu'elle est chez Angel, *c'est* une Horrible Créature Démoniaque ! Et combattre des HCD en pleine nuit n'est pas dans mes attributions !

— Cordy, pour quelqu'un qui est à deux doigts de péter les plombs, tu es douée pour les acronymes.

— C'est de naissance ! Maintenant, va voir !

— Moi ? Tu viens de dire…

— … Que ce n'était pas dans *mes* attributions ! Obtenir les informations est ton boulot. Moi, je m'occupe de la paperasse et du café !

— Très bien…

Doyle prit l'épée qu'Angel avait raccrochée au mur et ouvrit l'ascenseur.

— Après, je veux un bon café ! Ou une aide médicale…

— J'essaie de contacter Angel sur son portable. Et Doyle… sois prudent !

Le demi-démon ferma la porte métallique et appuya sur le bouton.

Pas de problème. C'est sûrement un chat. Et l'occasion de passer pour un héros aux yeux de Cordy sans me ridiculiser… Du moins, je l'espère.

Il ouvrit la porte du monte-charge et tâtonna pour trouver l'interrupteur.

L'ampoule est morte ! Personne n'a délibérément coupé le courant et aucune créature ne va enrouler un tentacule visqueux autour de ma gorge pour m'étrangler…

— Ecoutez, si vous êtes un voleur, il n'y a rien de valeur ici !

Il fit un pas prudent en avant, l'épée au poing.

— Et si vous êtes une… horrible créature démoniaque, sachez que je tiens une lame forgée pour décapiter les créatures de la nuit !

— *Il faut être d'une stupidité crasse pour essayer de mentir à un télépathe ! Nous venons chercher notre frère.*

— Oh, oh…, murmura Doyle.

Quand le téléphone d'Angel sonna, Kate finissait son dessert.

— Oui ?

— Angel ? Reviens tout de suite à l'agence ! Il y a quelque chose dans ton appartement et je ne crois pas que ce soit amical.

— Où est Doyle ?

— Il est allé voir. Il…

Angel entendit des bruits sourds.

— Je confirme : ce n'est *pas* amical ! lança Cordélia.

— J'arrive !

Le vampire raccrocha et sortit son portefeuille.

— Une urgence, dit-il à Kate, posant des billets sur la table. J'ai passé une très bonne soirée…

Il se leva et courut vers la sortie.

Merci mon Dieu ! pensa-t-il.

Il rappela Cordélia dès qu'il se fut engouffré dans sa voiture.

— Je suis en chemin. Quelles sont les nouvelles ?

— Il y a eu beaucoup de *cracs* et de *bangs*… Oh, ça recommence ! Je crois que le cri, c'était Doyle. D'accord, j'ignore ce qu'était le *thump*, mais le cri, c'était Doyle… Et ça, ton cabinet chinois… Non, attends, tu n'en as pas… Un autre *thump*, plus fort… Bizarre… On aurait dit que ça venait d'au-dessus…

— Je confirme : ces bruits-là viennent d'au-dessus.

— Cordélia, sors de l'agence ! Tout de suite !

Il y eut un *thump* plus fort… et plus rien.

— Cordélia ? *Cordélia !*

Cordy jeta un coup d'œil par-dessus son bureau. La pièce était envahie par un nuage de poussière. Un trou béait dans le plafond.

Une silhouette sombre se releva…

Un Trembleur.

— Je savais que le garder dans un carton était stupide ! dit la jeune fille à Angel. Il nous a fait un coup à la Buggs Bunny et il vient d'apparaître dans le bureau !

— Pardon ?

— Il s'est servi de sa… magie de Trembleur pour se frayer un passage d'un étage à l'autre, à partir du toit !

N'ont-ils donc pas d'*escalier*, au centre de la terre ? Il a failli atterrir sur moi !

— Calme-toi, Cordélia ! Je suis presque arrivé. Essaie de sortir de l'agence !

— Je ne crois pas que je pourrai, Angel. Il est entre la porte et moi… et il vient de me remarquer.

— Reste hors de son chemin. Peut-être veut-il seulement s'échapper…

— Tu plaisantes ? Et moi qui pensais jouer les Xena et botter ses fesses de pierre !

— *Toi !* dit soudain une voix dans sa tête.

— *Oh-mon-Dieu-s'il-te-plaît-ne-me-fais-pas-de-mal-je-ne-suis-pas-une-menace-pour-toi-même-si-tu-as-indéniablement-gâché-ma-nuit-ne-pourrions-nous-pas-être-amis ?*

Le contact mental fut rompu…

Cordélia eut l'impression fugace que le Trembleur était… submergé ?

Doyle avait toujours détesté le ballon-prisonnier.

Au collège, il avait décidé que l'Enfer devait être une éternelle partie de ce jeu stupide. Mais au lieu d'être bombardé de caoutchouc par des sadiques en culotte courte, les démons utilisaient des pierres chauffées au rouge… Et ça n'en finissait jamais, ses bourreaux l'accablant de commentaires peu flatteurs, affirmant par exemple qu'il courait comme une fille…

Pour une fois que j'avais raison, pensa-t-il, *je n'ai pas misé d'argent dessus. Logique.*

Accroupi derrière la table renversée d'Angel, il tenait toujours son épée… devenue à peu près aussi utile qu'une tapette à mouches.

Craaac !

Un gros trou apparut à quelques centimètres de sa

tête… La pierre de la taille d'un ballon de football pulvérisa le placard de la cuisine, derrière lui…

— *Comment était ce lancer ?*

— *Mieux. Mais tu n'y vas pas assez franchement. Regarde.*

Doyle plongea à plat ventre… juste à temps, car la table vola en éclats. Le demi-démon se réfugia derrière une bibliothèque renversée.

Doyle aurait donné cher pour que les Trembleurs la ferment !

— *Tu vois ? C'est ce qu'on appelle une « balle rapide ». La position de tes doigts influe sur la trajectoire de la balle.*

— *Incroyable ! Et tu as appris tout ça en sondant le cerveau d'un Habitant-de-la-Peau ? J'ignorais qu'ils avaient autant de connaissances.*

— *Oh, le mouvement des sphères dans le Vide occupe une bonne partie de leur temps. Voici une variation du « bowling ».*

Doyle plongea en grognant.

Une seconde plus tard, un gros caillou s'écrasa contre la bibliothèque.

Cordélia attendit que le Trembleur passe à l'attaque ou s'enfuit… En vain. Il restait là à agiter la queue.

— Marl… euh… Marlboro ? Vous pouvez partir ! Nous abandonnons toutes les charges retenues contre vous. Vous êtes libre !

— Cordélia ! cria Angel à l'autre bout du fil. Je doute qu'il soit judicieux d'attirer son attention !

Le Trembleur grogna.

— Oups… ! souffla la jeune fille.

Le grognement se fit plus menaçant. Des livres tombèrent des étagères. Les cloisons vitrées, entre les deux bureaux, se brisèrent, comme la vitre donnant sur l'extérieur.

Puis la secousse cessa brutalement.

— *Tu m'as détruit.*

Le Trembleur approcha.

— *J'ai regardé le Vide et le Vide m'a regardé... Je ne peux plus m'en éloigner. Il est là chaque fois que je ferme les yeux.*

Il leva les poings.

— *Tu vas me le payer !*

Il frappa, réduisant le bureau en miettes. Cordélia se réfugia dans un coin. Il fallait qu'elle sorte coûte que coûte...

Elle était à côté de la vitre cassée.

Elle enjamba le rebord de la fenêtre et, du bout du pied, trouva la corniche. Elle s'éloigna lentement, rasant le mur. Avec un peu de chance, le Trembleur oublierait son existence dès qu'il ne la verrait plus.

Les briques volèrent en éclats juste à côté de la fenêtre. Cordélia hurla et faillit perdre l'équilibre. La queue du Trembleur dépassait du mur qu'elle venait de trouer.

Elle disparut pour réapparaître une seconde plus tard...

Beaucoup plus près de la jeune fille.

— *Les gars*, pensa très fort Doyle, *je ne vois pas pourquoi vous vous servez de moi comme d'une cible. Si vous voulez votre ami, allez le chercher. Nous avions l'intention de le libérer...*

Le bombardement cessa.

— *Feldspaar, reste avec l'Habitant-de-la-Peau. Je vais chercher Maarl.*

Une silhouette massive se détacha de l'obscurité.

Doyle ne fut pas surpris de voir un pic dépasser de son crâne.

— Alors… tu attends sagement que ton copain revienne, puis vous partirez, c'est ça ? demanda le demi-démon, rempli d'espoir.

— *D'abord, je veux essayer une chose ou deux…*

Un autre projectile s'écrasa contre le mur.

— Attends ! cria Doyle. As-tu entendu parler du… euh…

Il réfléchit désespérément.

— *Basket-ball ? Non. Football ? Pire. Golf ? Non, je ne veux pas leur donner l'idée d'utiliser des clubs… Pareil pour le tennis, le badminton, le cricket, le polo…*

— … du bobsleigh ?

Baasalt sentit chez Maarl de la confusion et de la colère.

— *Maarl, c'est moi, Baasalt, le premier prêtre-guerrier. Calme-toi… Tu es en sécurité.*

— *Non ! Je ne me calmerai pas ! Jamais ! La paix m'a abandonné… Ma sérénité et mon équilibre ont disparu, tout n'est plus que chaos !*

Baasalt entra dans la pièce d'où venaient les pensées de son congénère. Le Trembleur frappait le mur avec sa queue, y faisant de gros trous. Il semblait oublier un détail : il s'exposait au Vide.

— *Maarl, ARRÊTE !* rugit Baasalt.

Maarl obéit. Mais son corps vibrait de rage.

— *Tu as regardé le Vide*, dit Baasalt. *Je le vois.*

— *Il m'a marqué ! Et corrompu !*

— *Non. Il t'a rendu plus fort.*

— *Comment peux-tu penser ça ?*

— *Parce que, moi aussi, je l'ai regardé.*

— *Quoi ? Non, ça ne peut pas être vrai... Toi, le premier prêtre-guerrier !*

— *Sonde mes souvenirs. Vois.*

Maarl obéit.

Et revécut l'expérience de Baasalt... Sa peur initiale avait été balayée par l'exultation devant les possibilités qui s'offraient à lui. Il s'était senti capable de tout ! Le Vide était dangereux, certes, et puissant... mais il pouvait le contrôler. Et le *vaincre*.

— *Tu vois ?* insista Baasalt. *Comprends-tu ?*

Maarl croisa le regard de son chef.

— *Oui...*, répondit-il, abasourdi. *Grand Cœur du Monde, oui ! Pardonne ma faiblesse, Baasalt. Je n'ai pas eu ton courage.*

— *Tu n'es pas faible. Tu es fort ! Ne le sens-tu pas, au fond de toi ? Toi et moi avons fait face au Vide ! Partageons notre vision avec nos frères. Guidons-les vers une ère nouvelle, où le Vide nous redoutera !*

Baasalt leva une patte griffue.

— *Te joindras-tu à moi ? Seras-tu de l'aventure ?*

Sans hésiter, Maarl tendit le bras et prit dans la sienne la patte griffue de son supérieur.

— *J'en serais honoré, premier prêtre-guerrier !*

— *Bien. Partons, maintenant.*

Ce qu'il me faut, pensa Doyle, *c'est un plan... qui exclut la possibilité qu'une pierre me fende le crâne*...

Le demi-démon commençait à être à court de refuges. Il ne restait presque rien de la bibliothèque. Et le Trembleur avait encore des munitions...

Si je pouvais atteindre l'escalier... Mais je doute qu'on me laisse faire.

Les yeux de Doyle s'étaient accoutumés à l'obscurité. La lumière qui filtrait du monte-charge suffisait pour qu'il voie certains détails. Les Trembleurs étaient arrivés par les tunnels qu'Angel utilisait dans la journée, apportant un impressionnant stock de pierres.

Doyle balaya du regard les ruines de l'appartement. Il venait d'avoir une idée… Restait à espérer que ce qu'il cherchait n'avait pas été réduit en miettes…

Là ! Bien sûr, il fallait que ce soit entre le Trembleur et lui…

Ah, je n'ai jamais pu résister à un pari…

Doyle sortit de derrière la bibliothèque pour plonger sur l'appareil photo qu'il leva à bout de bras. Il chercha le déclencheur à tâtons pendant que le Trembleur arma son bras massif.

Le flash se déclencha. Le Trembleur, aveuglé, manqua le demi-démon de quelques centimètres.

Doyle prit ses jambes à son cou.

Le demi-démon montait les marches en courant et se retrouva soudain étalé de tout son long sur le palier d'en bas. Contre quoi venait-il de rebondir… ?

Il leva les yeux et vit… un Trembleur.

— Doyle ! *Ecarte-toi du chemin !*

Angel !

Le vampire bondit sur le démon, lui flanquant un coup de pied. Déséquilibré, le monstre percuta son congénère et ils tombèrent à leur tour au pied des marches.

Dévaler une volée de marches en béton n'était pas une des expériences les plus plaisantes qu'eût faite Doyle… Mais il n'eut pas le temps de se plaindre. Il avait d'autres soucis… Comme la demi-tonne de pierre vivante qui fondait sur lui ! Il s'écarta prestement.

Deux Trembleurs s'écrasèrent près de lui.

Doyle se releva, ignorant les protestations de son corps perclus de douleurs.

Angel était de retour. Tout n'était pas perdu…

Les Trembleurs se redressèrent.

— Angel ? cria Doyle.

Pas de réponse.

— Angel !

Le cri venait de l'agence.

— Cordélia !

Le vampire remonta l'escalier en courant et s'arrêta sur le seuil du bureau… Il y avait un énorme trou au plafond, toutes les vitres étaient cassées et le bureau de Cordélia était réduit en miettes. Sans parler des « aérations » pratiquées dans le mur…

Et il n'y avait plus trace de la jeune fille.

— Angel ! (La voix semblait venir de dehors.) Fais-moi descendre !

Angel passa la tête par la fenêtre. Cordélia était à plus de trois mètres de là, en équilibre précaire sur la corniche qui courait autour de l'immeuble…

— Je suis là… Ça va ?

— Si ça va ? A ton avis ? Fais-moi descendre !

— Peux-tu tenir encore un moment ?

— Quoi ? Où vas-tu ? *Angel !*

— Ils sont partis, dit Doyle. Ils ont récupéré leur copain, du coup, je ne les intéressais plus. Non que je m'en plaigne…

Angel contempla mornement les ruines de son appartement.

— Maintenant, je sais ce que ressentent les Serpentines…

— Sauf que tes poches sont beaucoup moins remplies que les leurs.

— Je m'en inquiéterai plus tard. Pour le moment, nous avons une assistante à sauver.

— Evite de regarder en bas, Cordy, conseilla Doyle.

— Pourquoi dit-on toujours ça quand quelqu'un est coincé en hauteur ? Crois-tu que je sois *stupide* ? Evidemment, je ne vais pas…

Elle baissa les yeux.

— *Iiii !*

— *Cordélia !* cria Angel. *Regarde-moi !* Voilà, c'est bien… Maintenant, viens lentement vers moi.

— Comment ça, « viens vers moi » ? C'est *toi* qui dois venir vers *moi* !

— Très bien…

Angel prit la corde que lui tendait Doyle, enjamba le rebord de la fenêtre et prit appui sur la corniche. Puis il avança vers la jeune fille.

— Bon sang, que fais-tu ? demanda Cordélia.

— Je te sauve la vie !

— Parfait ! Alors, fais pousser tes ailes !

— Mes ailes ?

— Bon, tu n'en as peut-être pas… Alors déploie ton cache-poussière !

— Cordélia, je ne peux pas voler.

— Quoi ? Comment ça, tu ne peux pas voler ? Tu es un vampire ! Les vampires volent, tout le monde sait ça !

— C'est une croyance erronée. Et nous ne nous transformons pas non plus en chauve-souris.

— Je n'arriverai jamais à me souvenir de tous ces détails…

Angel tendit un bras. Cordélia avança, millimètre par millimètre… jusqu'à ce qu'elle pose le pied sur une brique détachée… et perde l'équilibre. Elle tomba.

CHAPITRE IX

— Tu es plus fort que tu en as l'air, Doyle, dit Cordélia. Je suis surprise que tu aies réussi à nous remonter tous les deux.

— Et moi, content qu'Angel t'ait rattrapée. Félicite notre ami pour ses excellents goûts vestimentaires ! Sans son *long* cache-poussière…

Angel examinait son manteau.

— Je crois que la couture a cédé.

— Désolée, il fallait bien que je m'accroche à quelque chose… Après tout, si quelqu'un a le droit de se plaindre, c'est moi !

— Sans parler de ce que les Trembleurs m'ont infligé ! grogna Doyle. Ils jouent selon des règles qu'aucun livre ne mentionne. Abner Doubleday en serait baba !

— Qui est Abner Doubleday ? demanda Cordélia.

Elle ouvrit un kit de premier secours et appliqua de l'eau oxygénée sur la coupure qui barrait le front de Doyle.

— Le type qui a inventé le base-ball ! On dirait que les Trembleurs sont fans de ce jeu, sauf qu'ils remplacent les balles par des pierres de la taille de boulets de canon ! Et ils ignorent la différence entre un lancer et une destruction massive !

— Ils t'ont lapidé ? demanda Angel.

— Dit comme ça, ça paraît idiot. Mais c'est très déplaisant.

— Les Trembleurs changeront-ils leurs plans ? s'inquiéta le vampire. Celui qu'ils ont libéré les avertira que nous savons où ils comptent frapper…

— S'ils veulent accomplir le rituel de Compactage des Ames, ils n'auront pas le choix, dit le demi-démon. Aïe !

— Cesse tes jérémiades ! cria Cordélia. L'eau oxygénée ne fait pas mal !

— Ils pourraient vouloir en finir dès cette nuit. Nous devrions aller dans ce cimetière sans tarder.

— Je déteste être négatif, mais jusqu'ici, nous ne nous sommes pas montrés à la hauteur. Maintenant, nous n'avons même plus l'avantage de la surprise. Il faudra trouver autre chose…

— Je crois avoir ce qu'il nous faut. L'équipement que j'ai commandé est arrivé.

— Il y a un truc que je ne pige pas, dit Doyle pendant qu'Angel se garait. Qui devons-nous protéger dans un cimetière ?

— Bonne question, répondit le vampire en descendant de voiture. A moins que les Trembleurs prévoient de réveiller les morts, je suppose que c'est une personne qui y travaille. Le gardien, par exemple.

L'entrée était défendue par une porte en fer munie d'une chaîne et d'un cadenas.

— Doyle ?

Le demi-démon se mit au travail. Quelques instants plus tard, le cadenas céda. Pendant qu'ils longeaient une allée, Doyle reprit la parole.

— D'accord, jusqu'ici, nous avons une hôtesse de l'air, une femme pompier et un maître-nageur. Comme tu l'as dit, ils risquent leur vie en luttant contre les éléments. Mais un gardien de cimetière…

— Ça dépend de l'angle sous lequel on se place. La terre est l'élément principal du rituel, puisque les Trembleurs sont des êtres de pierre. Le gardien d'un cimetière est responsable des centaines de corps qui reposent dans la terre…

— Ça ne me paraît pas un travail dangereux, souligna le demi-démon.

— Ça, c'est vous qui le dites ! lança une voix dans leur dos. Retournez-vous… et pas de geste brusque.

Angel et Doyle obéirent lentement.

La soixantaine, les cheveux argentés, un grand Noir les évalua du regard, son fusil braqué sur les intrus.

— Vous n'avez pas l'air d'être des vandales… Des pilleurs de tombes, donc. J'en ai assez de voir des corps disparaître ! Fichez le camp de mon cimetière !

— Non ! se défendit Angel. Nous ne sommes ni des pilleurs de tombes ni des vandales.

— Pourquoi devrais-je vous croire ?

— Portons-nous des pelles ou des bombes de peinture ? Avons-nous des brouettes ? Les pilleurs de tombes n'en ont-ils pas toujours avec eux ?

— De plus, renchérit Doyle, regardez nos vêtements. Regardez comment mon copain est habillé. Ce n'est pas ce qu'on met pour creuser la terre !

— Très bien. Alors, que faites-vous ici ?

— Je suis expert en sécurité, dit Angel. (Sans geste brusque, il sortit une carte de visite de sa poche et la tendit au gardien.) J'ai été engagé par la municipalité pour enquêter sur la dernière vague de disparitions.

L'homme lut la carte. Puis il baissa son arme.

— Pourquoi ne m'a-t-on pas prévenu de votre visite ?

— Je l'ignore. On s'est peut-être dit qu'une inspection surprise aurait de meilleurs résultats.

— C'est comme ça que ça fonctionne, pas vrai ? Eh bien, je n'ai rien à cacher. Si vous voulez faire un tour ou me poser des questions, allez-y.

— Et si nous commencions par nous présenter ? Je m'appelle Angel. Lui, c'est Doyle, mon associé.

Le vampire tendit la main.

Après une légère hésitation, l'homme la serra.

— Harrold Worthington. Appelez-moi Harry.

— D'accord, Harry. Nous ne voulons pas vous empêcher de travailler. Cela ira-t-il si nous vous suivons pendant votre tournée ?

— Pas de problème. Je vais vous montrer les dernières tombes profanées.

— Merci.

Harry les guida entre les rangées de pierres tombales.

— Il était temps que la ville se décide à envoyer des enquêteurs ! Ça fait des années que je le répète : il s'en passe de belles ici ! Mais personne ne me prend au sérieux. On doit me croire dingue...

— Quel genre d'incidents ? demanda Doyle.

— Des tombes récentes éventrées, des pierres tombales renversées, des traînées de matière gluante qui s'évaporent au soleil... Parfois, c'est un tour des galopins du quartier, mais pour le reste... J'ai ma petite idée.

— Laquelle ? demanda Angel.

— Oubliez ça ! Ou vous allez me croire fou. Regardez, puis vous me direz ce que *vous* en pensez.

Le gardien continua son chemin. Angel aligna son pas sur celui de Doyle.

— Ce type est très observateur, murmura-t-il au demi-démon.

— Oui, et je retire ce que j'ai dit. Son boulot n'est pas si peinard, en fin de compte. Un cimetière à Los Angeles ? Seigneur, il a dû en voir des vertes et des pas mûres, c'est sûr !

Harry s'arrêta devant une tombe. Elle était récente, comme en témoignaient les bouquets de fleurs fraîches. Mais la terre avait été retournée.

— J'ai deux ou trois cas de ce genre tous les ans, dit le gardien. C'est toujours pareil. Il s'agit d'une personne jeune, assassinée – ou « suicidée » – et enterrée depuis quarante-huit heures au plus. Alors ? Vos conclusions ?

— Euh… des taupes ? souffla Angel.

— Des taupes. Ben voyons ! Celles qui ont de longues dents pointues…

— Les gens ignorent que les taupes sont carnivores, souligna Doyle. En général, elles mangent surtout des insectes… Mais un cadavre, c'est toujours bon à prendre ! Comme un « buffet souterrain » gratuit…

— Elles peuvent se montrer dangereuses, renchérit Angel. Vous devriez être prudent.

— Oh, pour ça, j'ai ce qu'il faut !

Le gardien tapota son fusil.

— Ça… pourrait ne pas suffire, dit Angel. Contre certaines races de… taupes…

— Angel ! coupa Doyle. Je suis sûr que monsieur sait tout ce qu'il faut savoir sur nos amies les taupes.

— Et que suggéreriez-vous contre ces races-là ? insista Harry.

— Certaines détestent l'argent. D'autres, c'est le bois. Parfois, quelque chose d'aussi simple que de l'eau spécialement… traitée… peut faire l'affaire.

Harry étudia Angel. Puis un sourire étira ses lèvres.

— L'argent est cher. Le bois est utilisable dans certains cas seulement. Et je suis trop vieux pour trimballer des litres d'eau. (Il tira une cartouche de sa poche.) Je fais ces trucs moi-même. Des hosties pilées avec la poudre. Ça me débarrasse de la vermine.

— Très… ingénieux. Vous savez vous débrouiller.

— Depuis plus de soixante ans, oui ! Et j'ai encore de belles années devant moi…

Harry s'administra une claque sur la nuque.

— C'est la saison des moustiques. Saleté de buveurs de sang… !

Harry se détendit peu à peu. Il leur montra d'autres tombes éventrées, dont une couverte de graffitis. Puis il les invita chez lui, leur offrant des boissons chaudes histoire de chasser le froid.

La maison du gardien était de style espagnol, avec un toit en tuiles rouges. Elle comptait un salon, une kitchenette et une chambre à coucher. Harry était d'une propreté méticuleuse. Des affiches de vieux westerns – *Le Train sifflera trois fois*, *La Chevauchée fantastique* – décoraient les murs.

Angel et Doyle s'assirent sur le canapé pendant qu'Harry préparait du chocolat.

— Vous avez une vilaine coupure au front, dit-il à Doyle.

— Un accident de base-ball. J'ai pris une balle ratée en pleine figure.

— Une sur trois cent mille, lâcha le gardien.

— Pardon ? demanda Angel.

— Les probabilités d'être frappé par une balle de base-ball au cours d'un match de la Ligue… Les statistiques, c'est mon hobby. J'ai commencé par m'intéresser à la façon dont les gens meurent puis… à d'autres choses.

— Vraiment ? jubila Doyle. C'est aussi un de mes passe-temps ! Par exemple : les probabilités de remporter le gros lot, en Californie, sont d'une sur quatorze millions.

— Celles d'être frappé par la foudre d'une sur deux cent cinquante millions.

— Celles de gagner vingt-huit fois de suite à une table de craps : une sur quarante millions ! C'est arrivé au *Desert Inn*, à Las Vegas, en 1950. Le type qui lançait les dés n'avait visiblement pas foi en sa bonne étoile, parce qu'il ne pariait pas gros. Il a ramassé sept cent cinquante dollars seulement... Mais un des Frères Marx, son voisin de table, a raflé vingt-huit mille dollars !

— Groucho ? demanda Angel.

— Non, Zeppo. Ce type avait une chance insolente !

Harry remua doucement le chocolat.

— Les probabilités de voir la Terre anéantie par une météorite dans les cinquante ans sont d'une sur un million deux cent mille.

— Celles d'avoir une quinte flush servie sont d'une sur six cent quarante mille sept cent trente et une.

Harry posa trois tasses sur le comptoir, puis versa le chocolat chaud.

— Celles d'être assassiné, dans nos bons vieux Etats-Unis d'Amérique, sont d'une sur douze mille. Et celles d'être tué ici... d'une sur quatre-vingt-dix-neuf.

— Je vois pourquoi vous vous promenez avec un fusil, conclut Angel.

— A mon âge, mon heure est presque venue... Statistiquement parlant, je n'exerce pas un métier dangereux. Les chauffeurs de taxi et les caissiers des magasins de quartier risquent d'être tués pendant leurs heures de travail, suivis de près par les camionneurs et par les employés des stations-service. Ça en dit long sur notre société... Si conduire les gens d'un endroit à un autre ou leur vendre de la nourriture peut causer votre mort…

— Surtout entre minuit et quatre heures du matin, dit Angel.

Harry acquiesça, l'air pensif. Puis il tendit une tasse de chocolat chaud à Doyle, une à Angel, et prit la dernière avant de s'installer dans un fauteuil.

— Au moins, l'économie se porte bien. Les risques de se faire trouer la peau augmentent chaque fois que le dollar baisse ! De cinquante-huit pour cent de victimes tuées par balle, on passe à soixante-cinq.

— Ça me remonte *vraiment* le moral, dit Angel.

— Vous savez, on peut faire dire n'importe quoi aux statistiques ! rappela le gardien. Pas question de vivre en fonction de ces chiffres. La vie a le chic pour provoquer l'inattendu… voire l'impossible. Mais je ne vous apprends rien…

— J'ai eu… ma part d'expériences insolites, concéda Angel.

— Mon petit doigt me souffle que c'est peu dire…

— Harry, pour parler franchement, vous êtes en danger.

— Les créatures qui se baladent ici ? Elles me fichent la paix… et en règle générale, je fais de même. La ville me paye pour creuser des tombes et entretenir le cimetière, pas pour jouer les chasseurs de monstres.

— C'est plus compliqué que ça, dit Doyle. Les gens qui pourraient s'en prendre à vous sont…

— … les membres d'une secte, intervint Angel. Vous savez que ces personnes ne sont pas rationnelles. Elles ont enlevé des gens connectés aux éléments : une hôtesse de l'air, un pompier et un maître-nageur. D'après ce que nous avons appris… vous êtes le suivant sur la liste.

— Quelque chose me dit que vous ne travaillez pas pour la ville, fit Harry.

— Pas exactement, avoua Angel. Mais nous nous efforçons de neutraliser ces fous furieux. Laissez-nous veiller sur vous vingt-quatre heures.

Harry s'adossa à son siège et regarda Doyle.

— Je vais sans doute regretter de vous avoir posé la question, mais… Et ne vous avisez pas de mentir !

— Oui ?

— Vous jouez au gin-rummy ?

Angel parcourait seul les allées du cimetière. Il avait laissé Harry et Doyle à leur jeu – un cent le point.

A une époque, il passait beaucoup de temps dans les cimetières. Il s'y cachait, y attirant ses proies. Pas par obligation – il avait toujours dormi dans un lit, non dans un cercueil – mais parce que ça terrifiait ses victimes… Quand son âme lui avait été restituée, il avait fui les cimetières. Trop de mauvais souvenirs.

Puis il avait rencontré Buffy, la Tueuse.

Il avait été envoyé pour protéger ses arrières. De nouveau, il avait souvent fréquenté les cimetières, devenant bien davantage pour l'Elue qu'un allié.

Se promener parmi les pierres tombales ravivait en lui des souvenirs doux-amers.

Surtout amers…

Histoire de tuer le temps, il lisait les épitaphes.

A mon Fils Bien-Aimé…

… A un Bon Père…

… Rappelée prématurément à Notre Seigneur…

… Nous nous reverrons au Paradis…

Buffy et lui se retrouveraient-ils dans l'après-vie ? Ou son âme était-elle trop noire pour qu'il se rachète… ?

Je ne mourrai peut-être jamais. A condition de me

nourrir convenablement, de faire de l'exercice régulièrement et de ne pas m'exposer au soleil, je peux vivre... éternellement...

Cela ne lui remonta pas le moral.

Repose En Paix... Mort trop jeune... Dieu l'a rappelée A Lui...

Paix. Jeune. A Lui.

Les mots semblaient se moquer d'Angel.

Cordélia avait raison. Le poids de ma culpabilité m'écrase... Comment m'en affranchir ? Et qu'avons-nous ici – des tombes d'enfants ?

Il continua sa patrouille. Avec beaucoup de chance, il serait attaqué par un mort-vivant et pourrait se défouler.

Mais les terreurs de la nuit semblaient avoir pris leur soirée... Angel remarqua juste quelques coyotes, qui l'étudièrent de leurs yeux jaunes avant de disparaître.

Son téléphone sonna.

— Doyle ?

— Oui. Harry vient d'aller se coucher.

— C'est calme, ici.

— Eh bien, ce n'est pas Mardi Gras ici non plus... Même si ça commençait à me coûter cher.

Angel sourit.

— Harry t'a appris certains trucs, pas vrai ?

— Je dirais plutôt qu'il m'a rafraîchi la mémoire, mais ses tarifs sont ceux d'un pro ! Je l'ai persuadé d'accepter une reconnaissance de dette, avec l'espoir qu'il l'oublie quand nous lui aurons sauvé la vie... Car nous allons lui sauver la vie, pas vrai ?

— Je te le garantis.

— Il y a un truc que je ne pige pas. Je peux comprendre que tu préfères garder pour toi ta devise : « *Je suis un vampire, mais j'ai un bon fond* ». Je peux même comprendre pourquoi tu l'as averti discrètement au sujet des vampires, évitant ainsi de passer pour un fou échappé de l'asile. Mais pourquoi ne lui as-tu pas parlé des Trembleurs ?

— Doyle, toi et moi nous vivons dans un monde à part. Les vampires, les démons, les poltergeists et la magie sont notre lot quotidien. Buffy s'est même fait attaquer par un robot tueur ! Mais ce n'est pas parce que nous savons la vérité que le commun des mortels nous croira...

Il s'adossa à un mausolée.

— La plupart des gens pensent que les vampires sont un mythe. Quand ils constatent que c'est faux, ils doivent réviser toutes leurs certitudes et adapter leur point de vue sur le monde à cette découverte. Ça n'est pas facile. Ça bouleverse toutes leurs croyances. Certains ne pourront pas affronter la réalité tandis que d'autres n'auront aucun problème. Harry est de ceux-là. Mais comme nous le savons, il n'y a pas que des vampires. Passer des vampires aux loups-garous n'est pas difficile – beaucoup de gens les classent dans la même catégorie. Ça n'en a pas moins un impact violent sur leur esprit – une sorte d'onde de choc. Maintenant, ajoute à ça l'existence d'une race de démons. Encore un choc ! D'une race de démons, on passe automatiquement à plusieurs...

— Je vois où tu veux en venir. Tôt ou tard, ces gens perdent toute notion de la réalité.

— Exactement. J'ignore combien de chocs a eus Harry et comment il justifie l'existence des vampires. Il ne les voit peut-être même pas comme des êtres surnaturels. Donc, évitons de le pousser trop loin. Si nous lui infligions un choc de trop, il pourrait faire un blocage. Et la réaction naturelle, c'est de tout nier. Si ça devait arriver, il refuserait probablement de nous parler. Je ne peux pas prendre ce risque.

— Alors, tu as opté pour une demi-vérité et laissé son imagination faire le reste ?… Quand je pense que j'ai cru que tu jouais ton rôle habituel d'homme-mystère !

— Moi ? Jamais !

— Je viens de penser à une chose… Si côtoyer des créatures surnaturelles finit par te rendre dingue, comment se fait-il que nous ne soyons pas encore à l'asile ?

— C'est la question que je me pose chaque jour…

Avant, Emilio Maldonado aussi se posait des questions. Et il les adressait à Dieu.

Mais Dieu ne répondait jamais.

Il ne souhaitait pas lui parler.

Ça n'avait plus d'importance… Il avait trouvé un interlocuteur.

Emilio Maldonado était un bon géologue. Au moins, jusqu'à l'Evénement…

L'Evénement qui avait détruit sa vie.

Le petit appartement de Maldonado était au deuxième étage d'un vieux motel, non loin d'Olvera Street. Parfois, il y faisait un tour histoire de se payer un *churro* saupoudré de sucre et d'écouter les mariachis jouer pour les touristes…

Le soir, il restait plus volontiers chez lui.

Les phares des voitures éclairaient les fenêtres, se reflétant sur les bouteilles de tequila rangées contre un mur. En équilibre les unes sur les autres, elles couvraient le mur du sol au plafond, fixées par de la colle. Elles étaient vides, sauf celle qui contenait un ver séché.

Emilio les avait toutes bues.

A part les bouteilles, la pièce contenait le vieux sofa où Emilio restait allongé des heures et le téléviseur qu'il ne prenait plus la peine d'allumer. Il avait mieux à faire… Il avait surtout beaucoup de temps à rattraper. Voilà pourquoi il gardait les bouteilles de tequila, même s'il ne buvait plus : pour se rappeler le temps perdu.

Le soir de l'Evénement, il avait vidé sa première bouteille. Quand il y avait découvert le ver mort, il avait cru à une plaisanterie, mais n'avait pas pu se résoudre à le manger ou à le jeter. Il avait placé la bouteille sur une étagère où il pouvait la voir chaque soir.

Chaque soir, il en avait ajouté une nouvelle.

Au fil du temps, cette habitude s'était transformée en obsession morbide : combien fallait-il de litres de tequila pour détruire un homme ? Coûte que coûte, il aurait la réponse !

A l'époque, il vivait dans une belle maison.

Aujourd'hui, c'était devenu une pièce du puzzle de sa vie comme sa femme et son boulot… Toutes éparpillées…

Quand il avait perdu sa maison, il avait uniquement emporté son mur de bouteilles.

Ça n'avait pas d'importance. La seule pièce du puzzle qui comptait, celle qu'il avait perdue en premier, était revenue.

Les bouteilles vides ne représentaient plus sa destruction, mais son triomphe. Il les avait vaincus ! Il avait terrassé la Mort elle-même !

Il serra la photo d'Hector sur son cœur. Il était mort d'une blessure par balle, innocent promeneur pris dans une fusillade.

Il avait dix ans.

La photographie était placée dans un cadre bon marché. Hector posait en tenue de footballeur, un pied sur le ballon.

Il paraissait avoir au moins quatorze ans.

— Hector…, murmura Emilio.

Il caressa le cadre et se concentra.

La photo s'anima comme un écran de télévision.

Le gamin sourit.

— Salut, papa ! Content de te revoir…

— Content de te revoir aussi, mon fils. Raconte-moi ta journée…

— Bonjour, dit Harry.

Doyle s'assit sur le canapé.

— Je ne dormais pas, je le jure devant Dieu… ! Oh, c'est vous, Harry. Désolé. (Il bâilla et s'étira.) Quelle heure est-il ?

— Environ une demi-heure avant l'aube. J'aime me lever tôt.

Harry fit du café.

— Votre partenaire est toujours dehors ?

— Oui, il a préféré continuer seul. Mais je devrais l'appeler.

Doyle prit son téléphone et composa le numéro d'Angel.

— Doyle ? Tout va bien ? demanda le vampire.

— Oui. Harry est levé et s'impatiente. On dirait que nos amis ne se sont pas montrés.

— Non. J'arrive.

— Entendu.

Harry les invita à se joindre à lui pour le petit déjeuner. Angel refusa, mais Doyle accepta avec reconnaissance.

— J'ai remarqué que vous regardez sans cesse votre montre, dit Harry alors qu'il versait une tasse de café à Angel. Avez-vous un rendez-vous ?

— Oui, et très important.

Il jeta un regard noir à Doyle, qui finissait sa troisième tranche de pain grillé.

— Quoi ? Je ne me rappelle pas… Oh, le *lever du soleil*. (Il enfourna la dernière bouchée et se leva.) Dépêchons-nous !

— Mais j'aimerais que Doyle reste avec vous, si vous n'y voyez pas d'inconvénient.

— S'il n'a pas d'objection à passer la journée avec un vieil homme…

— Je n'en ai aucune… Mais jusqu'ici, les membres de la secte ont toujours attaqué la nuit.

— Je ne veux prendre aucun risque.

Le demi-démon haussa les épaules.

— Comme tu voudras.

— J'ai étudié le sol, cette nuit. Comme je ne dois pas être à mon rendez-vous avant… (Angel consulta sa montre) … vingt minutes, je vais vous signaler les zones à risque.

— D'accord.

Doyle jeta un coup d'œil à Harry, qui se dirigeait vers la salle de bains. Une fois la porte refermée sur lui, il se pencha vers Angel :

— Des zones à risque ? Je croyais que tout ce qui était sous nos pieds était considéré comme tel !

— Je suis allé au fond des choses… Si les Trembleurs veulent passer à l'attaque le jour, ils sortiront sans doute d'un endroit couvert, comme un mausolée, par exemple. Je veux vous montrer les « issues » les plus probables.

Harry sortit de la salle de bains.

— J'ai des tombes à creuser…

— Après vous.

La pelleteuse était entreposée dans un abri, derrière la maison.

Harry déverrouilla la porte. Avant de le laisser entrer, Angel s'interposa, passa la tête par l'entrebâillement et jeta un coup d'œil à l'intérieur. Des outils de jardin étaient accrochés aux murs. Une tondeuse à gazon, avec un siège, et la pelleteuse, un vieux modèle de couleur orange, occupaient presque toute la place. Le sol en béton ne semblait pas avoir été cassé.

Pour plus de sécurité, le vampire regarda quand même sous les deux engins.

— Rien à signaler…

Harry monta sur la pelleteuse et mit le contact. Il sortit en marche arrière, fit demi-tour, puis remonta une allée. Angel et Doyle le suivirent à pied.

Le vampire montra à son associé les mausolées dangereux.

Le gardien quitta l'allée et s'arrêta devant un rectangle marqué par quatre piquets.

Il fit signe à Doyle d'approcher.

— Ça vous ennuierait de les enlever ?

— Pas de problème !

Les piquets retirés, Harry se mit au travail. La pelleteuse mordait la terre et déposait de grosses mottes à côté du trou qui se formait à une rapidité vertigineuse.

En quelques minutes, le trou devint une tranchée de deux mètres de profondeur.

— … Et fais attention aux buissons plantés devant le mur nord, recommanda Angel.

— Oui, j'ai compris. Ne crois-tu pas que tu devrais y aller, maintenant ? Tu es à trente secondes de devenir aussi croustillant qu'un beignet !

Angel jeta un coup d'œil à sa montre.

— Il me reste une minute ou deux. Tant que je peux atteindre ma voiture, tout va bien.

Chunk !

La pelleteuse gémit… Le moteur eut des ratés.

— Bon sang ! grogna Harry.

Il passa au point mort et descendit de l'engin.

— Cette saleté de machine a percuté quelque chose !

Avant que Doyle et Angel puissent l'en empêcher, il sauta dans le trou.

— Non ! cria le vampire.

Il sauta à la suite du gardien.

— Que faites-vous, mon garçon ?

Harry était accroupi à côté de la pelle. La terre s'était effondrée autour du rocher qu'elle n'avait pas réussi à déloger.

— Euh…, répondit Angel. Je voulais m'assurer que vous… ne vous étiez pas blessé.

— Je vous ai dit que je pouvais prendre soin de moi !

Derrière Harry, deux pattes de pierre surgirent…

Angel saisit le vieil homme sous les aisselles et l'éjecta de la tombe… sous les premiers rayons du soleil. Au flot d'injures qui suivit, le vampire comprit que son « paquet » avait atterri sur Doyle.

Le Trembleur émergea de la paroi, révélant le tunnel par lequel il était arrivé.

Le monstre qu'Angel avait frappé avec un pic…

— Ça ne te fait pas mal ? railla le vampire.

— *Pas tant que ça.*

Deux autres pattes griffues apparurent au-dessus d'Angel et quatre sous lui. Elles le saisirent par les chevilles, les bras et les épaules.

Quand Harry *vola* hors du trou, Doyle n'eut pas le temps de détaler…

Ils roulèrent ensemble dans la poussière, le souffle coupé. Le demi-démon ne perdit pas de temps à tenter de se dégager ; il fouilla dans sa poche et sortit un des objets qu'Angel et lui avaient apportés. Ensuite, il dut allumer…

— Angel, appela-t-il. *Réception !*

La torche tomba dans la tombe… Le vampire comprit qu'il lui restait une chance.

Les trois Trembleurs le lâchèrent aussitôt pour se couvrir les yeux. Leurs cris de douleur se répercutèrent dans le cerveau du vampire… Il ne lui en faudrait pas plus pour échapper aux démons.

Les pieux qui jaillirent des gaines accrochées à ses poignets et se glissèrent dans ses mains n'étaient pas des armes classiques en bois, mais des pièces d'équipement pour alpinistes. Les pointes étaient munies de charges explosives permettant de forer les roches les plus dures. Angel les avait commandées dans une boutique spécialisée – avec quelques améliorations personnelles…

Il frappa à la poitrine les deux démons les plus proches et activa les charges dissimulées dans les pointes. Les piques s'enfoncèrent profondément dans les corps de pierre.

Angel s'accroupit et se couvrit la tête avec les bras.

Un instant plus tard, les deuxièmes charges sautèrent…

Des morceaux de roche volèrent à la ronde. L'air se chargea de poussière et de fumée.

Angel releva prudemment la tête. Si les deux Trembleurs étaient toujours debout, ils avaient un gros trou dans la poitrine et… ils ne bougeaient plus.

— Deux de moins, murmura le vampire.

Il en restait deux…

CHAPITRE X

Doyle hésitait. Il devait conduire Harry en sécurité, mais il ne voulait pas laisser Angel seul face aux Trembleurs…

— Doyle ! cria le vampire. Emmène Harry loin d'ici *tout de suite* !

Sa décision prise, le demi-démon aida le gardien à se relever et le força à le suivre.

Il s'en sortira, pensa-t-il alors qu'ils s'éloignaient en courant. *Un vampire sait se débrouiller*.

Angel ne se débrouillait pas si bien que ça.

Ecrasé par le nombre, il manquait de place pour combattre et il avait utilisé ses deux seules armes. Le soleil étant levé, il ne pouvait plus prendre la fuite. Tant que la torche brûlait, il avait eu l'avantage sur ses adversaires. Puis l'un d'eux la lui avait arrachée des mains pour l'enfouir dans la terre.

Le monstre au crâne « décoré » d'un pic chargea.

Angel réussit à l'éviter plusieurs fois. Puis le sol trembla…

L'autre démon avait posé les mains à plat sur le sol.

Déséquilibré, Angel encaissa un coup de poing à la figure et s'écroula contre la pelleteuse.

Un deuxième coup le fit tomber à genoux. Deux mains de pierre lui serrèrent la tête… Il s'évanouit.

— Combien de temps sommes-nous censés rester là ? demanda Harry.

Doyle et lui étaient perchés sur le toit de la maison, où les Trembleurs ne s'aventureraient pas…

— Je l'ignore, répondit Doyle. Quelque chose cloche. Angel aurait dû réussir à botter leurs fesses de pierre depuis longtemps… Je vais voir ce qui se passe. Vous, vous ne bougez pas de là !

Il fit descendre l'échelle en aluminium qu'ils avaient tirée derrière eux. Posant les pieds sur le sol, il fut presque surpris que des pattes griffues n'en sortent pas pour le tirer par les chevilles…

Il courut jusqu'à la tombe.

— Angel ?

Pas de réponse.

Il jeta un coup d'œil dans le trou. Vide.

— Cordélia ? dit Doyle au téléphone. Nous avons un problème.

— Doyle ? Sais-tu l'heure qu'il est ? J'espère que ce n'est pas un de tes coups de fil « *j'ai bu toute la nuit et je t'aime* » !

— Quoi ? Non, bien sûr que non ! C'est juste que…

— Que quoi ?

— Je crois… que j'ai perdu Angel.

— Que veux-tu dire par « perdu » ?

— Perdu dans le sens de « perdu »…

— Dans ce cas, pourquoi me téléphones-tu au lieu de te lancer à sa recherche ?

— Ça ne sera pas facile. A moins que tu sois plus douée que moi pour manier une pelle… ?

— Oh, *non* ! souffla Cordélia. Les Trembleurs l'ont enlevé, c'est ça ?

— J'en ai peur. J'étais occupé à sauver la victime numéro quatre… A mon retour, il n'était plus là.

— Qu'allons-nous faire ?

— Ne t'inquiète pas, Cordy. J'ai un plan. Je retourne à l'agence. Rejoins-moi dès que tu pourras.

Il raccrocha. Si seulement il avait vraiment eu une idée…

Angel revint à lui… Ses talons raclaient le sol. Il aperçut qu'on le tenait par le col et qu'on le tirait sans ménagement dans un tunnel obscur.

Ses ravisseurs remblayaient le tunnel à mesure qu'ils progressaient… Combien de temps était-il resté inconscient ? A quelle profondeur se trouvait-il ?

— *Je constate que ton cerveau est de nouveau actif. Bien. Marche !*

Le Trembleur le lâcha… Angel tomba et se releva péniblement.

— Où m'emmenez-vous ?

— *Devant le Conseil Fondamental. Il décidera de ton sort.*

— Ce sont justement les personnes que je voulais voir. Après vous…

Quand Cordélia arriva à l'agence, Doyle étudiait la carte murale. Il y avait encore du verre brisé partout.

— Que fais-tu ?

— Je cherche l'inspiration.

Cordélia jeta son sac sur le bureau.

— Je croyais que tu avais un plan.

— Eh bien, c'était de venir ici, de lire les notes d'Angel et de lui voler *son* plan. Mais tout ce que j'ai, c'est cette carte et des punaises…

— Tu as intérêt à trouver l'inspiration ! Angel compte sur nous.

— Je sais. Comment s'y prendrait-il pour arracher quelqu'un aux griffes d'une bande de démons ?

— Il commencerait par chercher leur *club*.

— C'est vrai… Mais il l'appellerait leur « tanière ».

— Peu importe ! Ensuite, il prendrait un gros truc pointu et il irait les tailler en pièces. Simple !

— Revenons à l'étape précédente, veux-tu ? Localiser leur club… euh, leur tanière.

— Comment ?

— Club ou tanière, c'est sous terre. Et nous savons où les Trembleurs ont attaqué. Les punaises !

— Génial !

Ils regardèrent la carte.

— Et maintenant ? demanda Cordélia.

— Une seconde !

Doyle étudia la carte comme s'il espérait y voir apparaître la solution. Angel avait relié trois points : la caserne des pompiers, le poste de secours et le motel de l'hôtesse de l'air. Une quatrième punaise, à droite, indiquait le cimetière. Si on reliait ce point aux autres, on obtenait une figure irrégulière…

— Attends ! cria Cordélia, tout excitée. Tu ne les relies pas correctement. Regarde !

Elle prit un crayon et dessina trois lignes droites, formant ainsi une flèche parfaite.

— Voilà ! C'est là qu'est leur tanière !

— Cordy, crois-tu vraiment que des démons commettraient des crimes désignant leur propre repaire secret ? Avec une *flèche* ?

— C'était *ton* idée, Doyle !

— Oui, mais… Je cherchais un indice un peu plus. indirect ! Pas un panneau indicateur…

— Très bien… quelle figure vois-tu ?

— Aucune, répondit Doyle, les sourcils froncés. Comme s'il manquait un point…

Il plaça une cinquième punaise sur la carte, à gauche du triangle, en face du point quatre. Après avoir admiré son œuvre, il prit son crayon à Cordélia.

Et relia les cinq points sans lever la main.

Un pentagramme !

Après deux cent quarante ans sans voir le soleil, Angel avait une vision nocturne très supérieure à la normale. Il fut quand même heureux d'apercevoir une lueur orange, droit devant lui.

Le tunnel débouchait sur une caverne. Ses parois étaient un assemblage de roches tordues et de terre tassée. Au centre, d'étranges colonnes se dressaient à intervalles réguliers autour d'un cratère. La lueur orange en provenait : de la roche en fusion…

— *Baasalt. Vous êtes revenus*, dit une voix dans la tête d'Angel. *Mais ce n'est pas la quatrième victime dont on nous avait parlé.*

— C'est exact, dit le vampire.

Il remarqua que les « colonnes » étaient des Trembleurs…

— Vous avez commis une erreur. Je ne suis pas un fossoyeur.

— *Non, tu es un vampire*, dit Baasalt.

— Eh bien, oui…

— *Ton odeur indique que tu passes beaucoup de temps sous terre.*

— J'utilise les égouts pour me déplacer le jour, mais…

— *N'as-tu pas été mort et enterré ?*

— Seulement trois jours…

— *Alors, tu feras l'affaire.*

— *Baasalt…*

C'était l'autre voix… Angel comprit qu'elle appartenait à un des Trembleurs pris dans les colonnes de pierre.

— *C'est… sans précédent. Le quatrième sacrifié doit être différent des trois premiers : un qui brave les flammes, un qui affronte l'eau, un qui défie le Vide… et un qui prend soin de la terre. Celui que tu nous as amené est un guerrier, pas un guérisseur !*

— *C'est une créature de la terre, grand Batholith*, riposta Baasalt. *Il fera l'affaire.*

— *Mais quel genre de Trembleur naîtra du Compactage de quatre guerriers ?*

— *Le fondateur d'une nouvelle race qui ne se contentera plus de rester cachée dans le Corps du Monde et de jouer… Elle recherchera les expériences et apprendra à relever les défis.*

— On dirait, fit Angel, que vous n'êtes pas d'accord entre vous… Dans une situation si critique, je vous conseille d'opter pour la prudence. Sans compter que… je ne suis pas un agneau sacrificiel !

Il se jeta sur Baasalt, empoigna le pic qui dépassait de son crâne et le retira d'un coup sec.

Le cri télépathique de Baasalt résonna dans le crâne d'Angel. Sonné, il lâcha le pic et tomba à genoux.

— *Baasalt*, demanda le Batholith. *Es-tu fonctionnel ?*

— *J'ai… survécu… Mais je ne peux pas en dire autant des deux prêtres-guerriers que cet Habitant-de-la-Peau a tués. Ne laissez pas leur mort impunie !*

— *Vous avez tué deux prêtres-guerriers ?*

— Je protégeais celui que vous appelez le quatrième, répondit Angel. Et je ne vous laisserai assassiner personne !

— *C'est un protecteur*, dit le Batholith, songeur. *Peut-être pas un guérisseur… Mais tu as raison, Baasalt. Il fera l'affaire. Emmenez-le !*

— Es-tu sûr que ça fonctionnera ? demanda Cordélia pour la cinquième fois.

Doyle soupira. Ils fonçaient sur l'autoroute. Destination, le Domaine du Pommier.

— Cordy, je l'ignore ! Mais c'est logique, non ?

— Plutôt loufoque, si tu veux mon avis…

Elle haussa les épaules.

— Pas plus que d'utiliser de l'ail pour repousser les morts-vivants ! Et pourtant, c'est efficace…

— Et à propos des Serpentines qui ne veulent pas avouer qu'ils sont en affaires avec Wolfram & Hart ?

— Moi aussi, ça m'ennuie, admit le demi-démon. Mais nous aurons besoin d'eux… Nous n'avons pas le choix…

Les paupières lourdes de sommeil, Galvin les attendait à la porte.

— Désolé… Je ne suis pas encore bien réveillé. Suivez-moi.

Dès qu'ils furent dans son appartement, Doyle expliqua la situation.

— Je crois que j'ai trouvé comment se débarrasser des Trembleurs. Mais il nous faut votre aide.

— Il suffit de demander.

— Merci. Si j'ai bien compris, vous avez des relations dans le cinéma…

Les Trembleurs enfermèrent Angel dans une autre grotte qu'ils obstruèrent avec un énorme rocher. Il y faisait noir comme dans un four.

— Etes-vous médecin ? demanda une voix féminine.

— Non, mais je suis un ami, répondit Angel.

Une lumière déchira l'obscurité : celle d'un Zippo tenu par une femme râblée à la peau mate et aux cheveux coupés très court. Elle était à genoux près du maître-nageur qu'Angel n'avait pas réussi à protéger. Allongé contre une paroi, le malheureux avait une barre de fer fichée sous la clavicule.

Le vampire approcha.

— Est-il… ?

— Pas encore, répondit la femme. Leur drogue a ralenti son métabolisme… J'ai arrêté l'hémorragie, mais si je touche à la barre, ça se remettra à saigner. Mes notions de médecine ne me permettent pas de pratiquer une opération dans ces conditions…

— Je m'appelle Angel.

— Et moi, Fisca. Pourquoi n'êtes-vous pas drogué jusqu'aux yeux ? A mon arrivée, j'étais certaine d'être de retour à Minneapolis, chez ma grand-mère… Je sentais le goût de ses gâteaux aux flocons d'avoine !

— J'aime la tradition. J'ai opté pour un passage à tabac en règle…

— Pourquoi sommes-nous là ? Que nous veulent ces monstres ?

— Y a-t-il quelqu'un d'autre, ici ?

— Une femme, là-bas… A son uniforme, je dirais qu'elle est hôtesse de l'air… ou strip-teaseuse. D'après son badge, elle s'appelle Sarah. Elle est toujours sous l'emprise de la drogue… C'était une vraie pipelette, intarissable sur un camp d'été de son enfance… Heureusement qu'elle s'est décidée à la fermer ou je l'aurais étranglée !

— Vous devriez éteindre votre briquet, histoire de l'économiser, conseilla Angel. On ne sait jamais…

Fisca obéit.

— Ne vous inquiétez pas, ajouta le vampire. Je nous sortirai *tous* de là. Comptez sur moi.

Il aurait donné cher pour être tout à fait sincère…

Baasalt ne savait que faire.

Le pic arraché de son crâne, il était en état de choc, fonctionnant en mode automatique, incapable de se projeter dans l'avenir… Toutes ses idées l'avaient déserté. Non… Il s'en rappelait… mais ce n'était plus que des souvenirs. Sans saveur ni vitalité…

Baasalt trouva refuge dans son alcôve-nid : une minuscule grotte. Les Trembleurs n'avaient pas de possessions, hormis quelques pierres précieuses qu'ils admiraient pour leur perfection géologique. Lui n'avait jamais été très attiré par les gemmes.

Quant à la notion d'espace et de confort, elle était inconcevable.

Il songea à chercher le pic dans la Grotte du Conseil Fondamental. Mais il devrait s'expliquer… Une heure plus tôt, il n'aurait eu aucun mal à le faire. Maintenant, ça lui semblait impossible. Que pourrait-il dire ? Comment se justifier ? Mais il fallait qu'il *agisse*. Une minute… Et s'il envoyait un autre récupérer le pic ?

— *Feldspaar. J'ai besoin de toi.*

— *Oui, Baasalt ?*

— *Va à la grotte du Conseil Fondamental. Ramasse l'objet de la Surface et apporte-le-moi.*

— *Et que dirais-je au Conseil ?*

— *Que je n'ai pas partagé mon raisonnement avec toi.*

— *Baasalt… comment vas-tu ? Tes pensées ont encore subi un changement…*

— *Je vais bien. Allez !*

— *J'obéis, premier prêtre-guerrier.*

En attendant Feldspaar, Baasalt médita. Il sentit le Conseil Fondamental effleurer ses pensées, mais il l'ignora.

Feldspaar le rejoignit dans son alcôve. Il apportait le

pic. Baasalt le récupéra avec gratitude avant de renvoyer son subalterne. Il avait besoin d'être seul.

Il étudia le pic. Comment une chose aussi simple avait-elle pu provoquer en lui tant de changements ? Il laissa courir un doigt rocailleux sur la poignée en bois. Puis il tapota l'acier trempé du bout d'une griffe et l'écouta tinter.

Avec révérence, il l'approcha de son crâne.

Et découvrit qu'il ne pouvait pas atteindre le trou…

— Cindy ! Regarde ce que j'ai !

La voix enfantine était celle de la femme prostrée dans un coin.

— Oh, génial, grommela Fisca. Elle remet ça…

Angel approcha de l'hôtesse de l'air.

— Salut… Sarah ? M'entendez-vous ?

— Bien sûr, idiote ! Tu es en face de moi. Regarde ce que j'ai dans la main !

— Euh… c'est quoi ?

— La carte de crédit de ma mère ! Allons faire du lèche-vitrines et dévaliser les boutiques !

— Sarah, écoutez-moi, vous devez faire un effort de concentration…

— J'étudierai plus tard, d'accord ? De toute façon, j'ai toujours eu de bonnes notes en histoire. Filons au centre commercial !

Si je joue le jeu, je parviendrai peut-être à l'atteindre…

— D'accord.

— Super ! J'ai vu une robe sensas… elle sera géniale sur toi.

— Euh… si tu le dis.

La situation ne pourrait pas être plus bizarre…

— *Enfonce-le-moi dans la tête*, dit Baasalt à Feldspaar.

Naguère, Feldspaar aurait douté de la sagesse d'une telle requête… Maintenant… Les nouvelles conceptions de son supérieur étaient étranges mais il les acceptait.

Il inséra la pointe du pic dans le trou.

Aussitôt, l'esprit de Baasalt s'emplit d'images et de visions exotiques… Sa joie et son soulagement furent tels que Feldspaar les capta.

Grand Cœur du Monde ! pensa-t-il. *Quelle joie incroyable…*

— *Oui. Oui ! C'est tout ce qui me manquait !* exulta Baasalt.

Il écarta les bras, la tête en arrière…

… Et le pic heurta la paroi rocheuse, derrière lui, enfonçant la pointe dans son cerveau.

L'esprit du premier prêtre-guerrier *explosa*.

— *Non !* hurla Sarah.

Angel, Fisca et le maître-nageur joignirent leurs cris aux siens.

Le vampire crut qu'une grenade explosait dans son crâne… Puis il fut transporté *ailleurs*.

Dans un centre commercial.

Il essaya de comprendre ce qu'il faisait là.

Il ne s'agissait pas de n'importe quel centre commercial. De la voûte pendaient des stalactites, tels des glaçons grisâtres. Les passants étaient vêtus comme au début des années 80…

En général, Angel ne faisait guère attention aux modes – deux cent quarante ans de vagabondage lui avaient appris qu'il n'y avait rien de tel que des vêtements noirs passe-partout… Mais les caractéristiques de ces tenues semblaient… exagérées. Les cols étaient *trop* larges et les cravates *trop* fines. Il y avait beaucoup de couleurs vives : bleu électrique, vert citron, rose fuchsia…

La réalité vue à travers le filtre de *Deux flics à Miami*.

Une image adolescente de Sarah, adossée à un mur près d'Angel, se massait le front. Blonde et jolie, elle avait la silhouette dégingandée de toutes les filles de quatorze ans.

— Quel pied ! lâcha-t-elle.

Angel baissa les yeux sur ses jambes, redoutant de se découvrir en adolescente plongée en pleine crise de puberté… Mais il ne vit que son éternel cache-poussière noir.

— Où sommes-nous, Sarah ?

— Au centre commercial, quelle question ! Allez, viens… Les boutiques n'attendent que nous !

Elle le prit par un bras et le tira dans une allée piétonne. Il se laissa faire.

Les magasins étaient étranges. Parfois, une grotte béait entre deux boutiques…

— Je rêve…, souffla le vampire.

— Regarde ! cria Sarah. Des chaussures !

Une vendeuse aux longs cheveux bruns se tourna vers les clients potentiels.

— Salut, Angel !

— Cordélia ? Que fais-tu là ?

— A toi de me le dire… C'est *ton* subconscient ! (Elle baissa les yeux, puis les releva.) Merci de ne pas m'imaginer toute nue. Ou couverte de sang…

— Pas de quoi, répondit Angel.

Il jeta un coup d'œil à Sarah, occupée à essayer des chaussures.

— Mon subconscient est un magasin de chaussures ?

— Eh bien, *elle* est là, elle aussi.

— Attends… Il y a eu une explosion… je l'ai sentie dans mon cerveau.

Il secoua la tête.

— Pourquoi est-il si dur de réfléchir ?

— Eh bien, mon pote, tu dois être éméché ! lança une voix familière dans son dos.

Angel se retourna. Adossé à un mur, tout de vert vêtu, Doyle portait un pantalon, des tennis en toile et un T-shirt qui annonçait : « Embrasse-moi, je suis un démon irlandais. »

Il tenait une bouteille de whisky vert à l'étiquette ornée d'un trèfle. Deux cornes jaillissaient de son crâne.

— Les rêves, c'est super ! (Il but une rasade au goulot.) Mais ça dépend de qui les fait, bien sûr.

— A qui est celui-ci… ? murmura Angel. Quelque chose a *connecté* mon esprit à celui de Sarah…

— Pas possible ? railla Cordélia.

— Les Trembleurs sont des télépathes, rappela le vampire. Ce sont eux les responsables !

— Je bois à la sagacité de cette déduction ! ironisa Doyle.

— Si vous venez de mon subconscient, et le centre commercial de celui de Sarah, les grottes doivent représenter celui des Trembleurs…

— Peu importe. (Cordélia haussa les épaules, examinant une paire de talons hauts.) Comment les trouves-tu ?

Angel quitta la boutique, abandonnant Doyle, Cordélia et Sarah. Seul le demi-démon sembla remarquer son départ.

Le vampire longea les boutiques, étudiant les grottes qu'il croisait. Toutes pareilles…

Soudain, il s'arrêta.

Une boutique fermée ! Une grille de sécurité condamnait l'accès. Malgré la pénombre, Angel distingua des silhouettes à l'intérieur. On eût dit des mannequins. L'enseigne annonçait « Angélus Fashion ». Dans les profondeurs de la boutique, une lueur apparut, tremblotante...

Angel tendit la main et toucha le bouton de la porte : du fer forgé, pas de l'acier peint, comme c'était souvent le cas dans les centres commerciaux.

La porte s'ouvrit avec un petit *clic*. Ses gonds rouillés gémirent.

Angel s'immobilisa, la main sur le bouton de porte... Il ne voulait pas entrer, mais ce fut plus fort que lui... Quelque chose l'attirait. Il ne lutta pas.

Tout était couvert de poussière. Les pas du vampire laissaient des empreintes aussi distinctes que s'il avait marché sur la lune...

Un rideau de velours protégeait l'arrière-boutique. Devant un vieux clavecin, Angel vit des mannequins de cire vêtus de longues robes ou de redingotes. Leurs visages exprimaient tous une terreur indicible.

Des visages familiers.

Angel comprit vite pourquoi.

Tous les malheureux qu'il avait tués !

Une lumière vacillante filtrait de derrière le rideau de velours.

Angel approcha du comptoir. Une peur atroce lui nouait les entrailles.

Il aurait dû faire demi-tour et prendre ses jambes à son cou. Il le savait...

Derrière le rideau, la lumière bougea. Quelqu'un la tenait... Une main écarta le tissu.

Angélus apparut.

Il fit à son alter ego un sourire carnassier...

— Un client, enfin ! Je commençais à croire que

personne ne pousserait cette porte… Tu sais ce qu'on dit : dans le commerce, l'emplacement fait tout !

Son accent irlandais, s'il était moins exagéré que celui de Doyle, quelques minutes plus tôt, donnait une sonorité joyeuse à sa voix.

— Tu n'es pas réel !

Angélus éclata de rire. Il portait une redingote noire avec de la dentelle blanche au jabot et aux poignets. Et il tenait une lanterne.

— Je suis aussi réel que toi, Liam. Où crois-tu que j'aille, quand tu redeviens le maître des lieux ? Je suis là, enfermé dans ta tête… Je vois tout ce que tu vois, j'entends tout ce que tu entends, je sais tout ce que tu sais… Et je connais tous ceux que tu connais.

Angélus suspendit la lanterne à un crochet, près de la porte, puis contourna le comptoir.

— Tu peux me croire réduit à l'impuissance, si ça te fait plaisir… Mais j'ai beaucoup plus d'influence sur toi que tu ne l'imagines. Prisonnier ou pas, je peux me payer le luxe d'être patient ! J'ai tout mon temps… Et mon heure reviendra. Compte là-dessus !

La porte en fer forgée se referma en claquant.

— Tiens, elle arrive encore plus vite que prévu…

CHAPITRE XI

— Un seul de nous deux franchira cette porte, dit Angélus. Et ce ne sera pas toi !

Angel se mit en garde. Son *moi* vampirique lui rit au nez.

— Tu crois pouvoir régler le problème à coups de poing ? Dans ce cas, je me serais libéré depuis longtemps ! Non, mon garçon, notre champ de bataille est tout autre…

Angélus approcha d'un mannequin de cire : une jeune paysanne avec son bonnet et son tablier caractéristiques. La bouche ouverte sur un hurlement muet, elle avait les yeux écarquillés de terreur.

— Que dirais-tu d'une petite balade sur les chemins du souvenir ? Ah, douce Annabelle… Tu ne l'as pas oubliée, Liam ?

— Tu sais bien que non, répondit Angel.

— Alors, voyons si ta mémoire est bonne…

Angélus caressa la joue du mannequin.

La cire se transforma en… chair. Le cri de la femme éclata. Elle tomba à genoux, les bras levés.

— S'il vous plaît, sanglota-t-elle. Pitié… !

— *Assez !* cracha Angel.

— Ce n'est pas ce que tu disais, à l'époque, lui rappela Angélus avec un sourire narquois. Il t'a fallu trois heures avant de dire « assez »… Mais inutile de revivre cet épisode dans son intégralité. Il y a tellement de morceaux de choix en magasin…

— Tu n'arriveras à rien ! rugit Angel. Je n'ai pas commis ces crimes. C'est *toi* leur auteur !

— Vraiment ? Mais tu te rappelles, n'est-ce pas ? Tu te souviens des supplications, de ce que *nos* victimes étaient prêtes à t'offrir pour que tu les épargnes. Ah, exquises douceurs, délicieuses privautés… ! Plus ces malheureuses se savaient condamnées, plus elles redoublaient d'ardeur pour te plaire, avec l'espoir de toucher enfin ton cœur de pierre. Les pauvres ! Puis venait le moment où elles n'aspiraient plus qu'à la délivrance de la mort.

— Arrête !

— Tu te souviens de leurs parfums exquis, de l'odeur de la terreur, du goût du sang… et surtout de ce que tu ressentais. *Combien tout cela te grisait !*

— Non…, souffla Angel.

Ses jambes se dérobèrent… Il se rattrapa au comptoir.

— Désolé de l'état de la boutique, mais s'en occuper comme il faudrait est parfois difficile, dit Angélus, saisissant un cordon qui pendait du plafond. Et encore, il ne s'agit que de la devanture… Laisse-moi te montrer le stock !

Il tira sur le cordon ; le rideau s'écarta.

L'arrière-salle avait la taille d'une grange. Des centaines de mannequins de cire y étaient entreposés.

— Comme tu vois, continua Angélus, notre collection est colossale ! Oh, je ne m'en plains pas… Elle contient nos meilleurs souvenirs, pas vrai ?

Si Angel ne fuyait pas *tout de suite*, il resterait à jamais prisonnier…

Mais il sentait ses forces l'abandonner.

— J'ai beaucoup réfléchi à cette malédiction gitane,

dit Angélus. C'est elle qui me retient ici, après tout. Mais puisque nous voilà réunis, c'est le moment ou jamais de changer les règles. Tout est un peu... mélangé... Les Trembleurs, les futures victimes du Compactage des Ames, toi, moi... Quoi qu'il ait pu se passer, tous les esprits sont retenus dans les mêmes filets... Il est vrai qu'un petit Irlandais comme moi ne connaît pas grand-chose à la télépathie. Mais c'est une cellule pour un seul, et tout ce qui compte, c'est qu'un de nous y reste enfermé. Puisque tu as eu la gentillesse de me rejoindre, je devrais pouvoir sortir à ta place. Ça vaut le coup d'essayer, non ?

— *Jamais !* grogna Angel...

... Sans réussir à cacher son désespoir.

Angélus s'était placé entre la porte et lui.

— Tu crois pouvoir m'arrêter ? Après cent ans de captivité, je connais l'endroit par cœur ! Il me donne de l'énergie, alors qu'il draine la tienne ! Plus tu resteras ici, plus tu t'affaibliras. C'est ton principal – et fatal – défaut ! Tu t'encombres de culpabilité alors que... je *me vautre* dans le crime !

Il saisit Angel par les pans de son manteau et l'envoya valser au milieu des mannequins.

Le vampire se releva d'un bond...

Angélus frappa dans ses mains. Tous les mannequins de cire s'animèrent. Angel *savait* qu'il rêvait. C'était impossible ! Après tout, il se rappelait les avoir assassinés...

Angélus éclata de rire et se précipita vers la porte.

Quand le pic s'enfonça dans le cerveau de Baasalt, il pénétra dans les centres télépathiques de son cortex. Le Trembleur éprouva aussitôt une *stimulation* intense qu'il partagea avec ses semblables.

La plupart des démons, n'ayant pas l'habitude de

telles impulsions sensorielles, tentèrent de se replier sur eux-mêmes… En vain. Entre-temps, au cœur de ce maelström psychique, le premier prêtre-guerrier se livrait à une authentique débauche sensorielle.

Très différente, cette fois… Au lieu d'une explosion d'idées et de concepts, Baasalt eut le sentiment… d'enfler. Son esprit rayonna dans le réseau psychique dont tous les Trembleurs faisaient partie, même s'ils ne communiquaient jamais en groupe.

Quand plus de trois ou quatre esprits s'exprimaient simultanément, la cacophonie devenait épouvantable. Parfois, le Conseil Fondamental faisait une annonce générale ou organisait des tournois mentaux. Mais les jeux étaient strictement réglementés.

Baasalt entra en contact avec tous ses congénères. Il ressentit leur peur… Mais il sut également qu'ils seraient invincibles une fois unis.

Cette notion se communiqua à chaque Trembleur, le calmant et lui donnant matière à réflexion. La source de la tempête devint le Sauveur. *Leur* Sauveur.

Angélus venait de saisir le bouton de la porte quand quelque chose le percuta si violemment que sa tête traversa la vitre, cognant contre la grille en fer.

Son agresseur le tira en arrière et l'envoya bouler au milieu des éclats de verre.

— Un petit conseil, dit Angel. La prochaine fois que tu utiliseras une armée de morts, ne choisis pas des « soldats » terrifiés par ta cible !

Angélus regarda les victimes ramenées à la vie… Recroquevillées sur elles-mêmes, elles gémissaient.

— Ah… De toute façon, j'ai un faible pour la bonne vieille castagne !

Angélus se jeta sur Angel, le frappant à l'estomac et l'envoyant percuter le comptoir. Angel lui flanqua un coup de genou dans le ventre, l'attrapa par les cheveux et lui cogna la tête contre le meuble...

Angélus se dégagea et riposta d'un crochet du gauche. Angel tituba, puis para un deuxième coup de poing.

Ils se déchaînèrent. Les coups de pied et de poing se succédèrent.

Angel s'aperçut qu'ils étaient bien évidemment de force égale. Le duel risquait de durer... une éternité. A moins d'un imprévu. A l'expression de son « frère ennemi », il sut qu'Angélus était arrivé à la même conclusion.

— Au moins, nous nous serons bien marrés..., lâcha Angélus. Ce n'est pas l'envie de démolir ta jolie gueule qui me manque... Mais nous n'arriverons à rien comme ça. Arrêtons là, tu veux ?

Il se dégagea.

— Il est temps de te montrer la petite surprise que j'ai en réserve...

— Tu ne me fais pas peur !

— Ah, non ? Pourtant, tu dors plutôt mal depuis quelque temps... Approchez ma chère !

Maria apparut... Telle qu'Angel l'avait vue pour la dernière fois, en 1755.

— Non., souffla-t-il.

— *Oui !*

La pensée venait de tous les Trembleurs, unis par une même volonté : celle du premier prêtre-guerrier.

— *Non* ! cria une voix dissonante.

Tous n'étaient pas tombés sous sa coupe ? Baasalt chercha qui osait lui résister et découvrit... six esprits, parlant d'une seule voix. Le Conseil Fondamental.

— *Joignez-vous à nous !* dit Baasalt. *Et je mènerai notre race à la victoire !*

— Non ! Cette unité est une illusion. Tu imposes ta volonté à des esprits plus faibles que le tien !

— Des esprits devenus plus forts grâce à mon énergie et à mes visions ! Nous souhaitons tous la même chose.

— Tes désirs sont de la démence pure et simple ! Nous étions disposés à ignorer tes excentricités jusqu'au Compactage des Ames... Mais tu ne nous laisses plus le choix.

Baasalt sentit quelque chose grandir au sein du Conseil Fondamental. Une énergie mentale...

— *Que faites-vous ?* demanda-t-il.

— *Nous rétablissons l'équilibre.*

Maria n'était pas seule mais ligotée au cadavre... Elle avança, exécutant une horrible parodie de danse...

Angélus avait déshabillé le mort et la vivante avant de les attacher ensemble, poitrine contre poitrine, pour que la jeune fille sente la peau glacée sur chaque centimètre carré de la sienne...

Il lui avait brisé les doigts pour l'empêcher de défaire les nœuds, jeté une corde par-dessus une poutre et passé le nœud coulant autour du cou du cadavre, histoire qu'il reste à la verticale.

La corde pendait dans le dos du mort comme une macabre cravate de chanvre...

Maria approcha en titubant, ses lèvres articulant des sons inaudibles... Son bourreau lui avait arraché la langue pour qu'elle ne puisse plus appeler au secours.

— Un de *tes* chefs-d'œuvre ! le félicita Angélus. Tu as allumé des chandelles, refermé la trappe et laissé ta victime sous terre, accolée à son partenaire silencieux, les yeux dans ses yeux morts jusqu'à ce que les bougies s'éteignent. Oh, mais tu lui as expliqué l'ingéniosité de ton installation. Après tout, pour se libérer, il suffisait à Maria de retirer la corde du cou du cadavre… Une corde trop dure pour qu'elle la ronge avec ses dents. Et elle mourrait de faim et de soif avant que la tête pourrisse assez pour tomber toute seule… Maria était face à un dilemme. Attendre la mort dans les ténèbres, ligotée à un homme mort, ou arracher une première bouchée de chair…

— Je m'en souviens, souffla Angel.

Tous ses muscles étaient contractés. Encore un instant et Angélus bondirait vers la porte.

Cette fois, il serait incapable de l'en empêcher…

— Cette boutique est ouverte ?

Sarah venait d'apparaître sur le seuil.

Angel réagit d'instinct, ce qui les sauva tous deux. Il poussa Maria dans les bras d'Angélus et plongea sur Sarah.

Son élan les entraîna hors de la boutique, dont la porte se referma en claquant.

— Qu'est-ce qui ne va pas chez vous ? grogna Sarah.

— Pour le moment, surtout le moral…

Un rayon d'énergie jaillit du Conseil Fondamental et… frappa Baasalt. Des éclairs crépitèrent dans le crâne du premier prêtre-guerrier, le mettant à la torture. Des arcs électriques se formèrent, s'attaquant au réseau psychique qui le liait à ses congénères… et qui ne survécut pas à l'attaque.

Baasalt se retrouva seul.

— *Non !*

Il tenta de rétablir la connexion… Sans succès.

Les Trembleurs avaient atteint leurs limites en matière de nouveautés. Ils ne voulaient plus rien savoir du premier prêtre-guerrier.

Mais le Conseil Fondamental n'en avait pas fini avec lui.

— *Tu répondras de tes actes*, dit le Batholith.

— *Nous verrons ça* !

Il ferma son esprit.

— *Baasalt ?* pensa Feldspaar.

Le prêtre-guerrier sortit de son alcôve et passa devant son ancien condisciple sans daigner lui répondre. Il n'était plus le premier prêtre-guerrier.

Mais un hérétique… et un fugitif.

Angel eut l'impression qu'on lui fendait le crâne… puis il fut de retour dans la grotte-prison.

Du moins le supposa-t-il. Il faisait trop noir pour en être certain.

Fisca alluma son Zippo.

— Qu'est-ce que c'était… ?

— Ça vous a affecté aussi ? demanda Angel. Qu'avez-vous vu ?

— J'étais dans une sorte de centre commercial. Les boutiques avaient un rapport avec moi… L'une vendait tous les vêtements que j'ai portés, de mes chaussons de bébé au dernier soutien-gorge que j'ai acheté ! C'était très bizarre.

— Je ne vous le fais pas dire…

Sarah gémit.

— Que… Où suis-je ? Que se passe-t-il ?

— Elle revient à elle, dit Fisca. Le type est toujours inconscient.

— Sarah ? souffla Angel. Vous êtes avec des amis. Ecoutez-moi…

Il lui résuma la situation, faisant des Trembleurs les membres d'une secte étrange qui se déguisaient et droguaient leurs victimes.

— Que vont-ils faire de nous ?

— Rien, assura Angel. Je les en empêcherai. J'ai des associés. Ils savent où je suis. Nous aurons bientôt des secours…

— *Vous avez capturé le vampire ?* s'étonna Rome.

— *J'ai pensé que vous seriez content*, répondit Baasalt. *J'ai cru comprendre que vous aviez croisé le fer avec lui…*

— *Pas personnellement. Mais ses intérêts s'opposent à ceux de mes employeurs. Ils seraient très heureux si je leur apportais la preuve de sa mort.*

— *Peut-être aimeriez-vous assister au rituel ?*

— *Le Compactage des Ames ? Je croyais que les étrangers n'étaient pas admis.*

— *Je convaincrai sans mal le Conseil Fondamental de faire une exception. En retour, j'ai une faveur à vous demander.*

Quand Baasalt lui eut expliqué, Rome ricana. Puis il promit d'apporter ce que le Trembleur lui avait demandé.

Baasalt avait un plan.

Après avoir quitté les Trembleurs, il creusa un tunnel jusqu'aux abords de la Peau du Monde, le refermant derrière lui. Il doutait que le Conseil Fondamental envoie quelqu'un à ses trousses. Mais la prudence était la mère de la sûreté…

Jadis éparpillés dans le Corps du Monde, les Trembleurs s'étaient récemment rassemblés sous Los Angeles. Le Compactage des Ames était une des rares occasions où ils se réunissaient en présence du Conseil Fondamental.

Il attendrait ce moment pour frapper.

Mais il ne prendrait pas le risque de contacter des prêtres-guerriers. L'heure venue, il verrait lesquels se rangeraient à ses côtés. Feldspaar et Maarl seraient sûrement de ceux-là…

— Croyez-vous vraiment que ça marchera ? demanda Galvin.

— Il le faut, répondit Doyle.

L'appartement saccagé, puis nettoyé, était reconverti en chantier. Des poutres appuyées contre un mur, des pelles, des seaux et des casques en attente d'être déballés… L'entrée du tunnel creusé par les Trembleurs était brillamment éclairée.

— J'ignorais qu'Armani vendait des bleus de travail ! lança Cordélia.

— Et pour le reste ? demanda Doyle.

— C'est en cours, assura le Serpentine. J'espère que nous pourrons *le* descendre par le tunnel… Vous semblez savoir ce que vous faites.

— Oh, je suis un expert. J'ai vu *La Grande Evasion* cinq fois !

— Avec de la chance, nous n'aurons pas à creuser trop. Si votre raisonnement est juste, les Trembleurs obstruent en partie seulement leurs tunnels, histoire de pouvoir revenir quand bon leur semble.

— Les préparatifs du rituel les accaparent trop pour qu'ils aient pensé à poster des sentinelles. Je doute qu'ils s'attendent à nous voir débarquer sur leur territoire…

— Galvin, intervint Maureen, nous ne sommes pas des soldats. Si ça ne marche pas ? S'ils décident de se venger ? Et si… ?

— Nous ne pouvons pas rester sans rien faire, répondit Galvin, une main posée sur son épaule. Sinon, ils continueront, certains de pouvoir s'en prendre à nous sans craindre de représailles. A nous de leur prouver qu'ils ont tort. A ce stade, il ne s'agit plus de fierté ou de vengeance… C'est devenu une question de survie ! Maureen, tu es une négociatrice hors pair. Tu connais par cœur les ficelles du métier. Et tu sais très bien que j'ai raison. Se dégonfler est le meilleur moyen de se faire avaler tout cru !

Maureen eut un pauvre sourire.

— Restez là, dit Cordélia. Si Angel est prisonnier, il s'échappera. Il s'en sort toujours. En ce moment même, il doit peaufiner son plan d'évasion…

— Avez-vous un trois ? demanda Angel.

— Piochez, répondit Fisca.

— Ce serait plus facile si nous avions des cartes…

— Pour quoi faire ? Nous ne les verrions pas ! D'ailleurs, jouer était votre idée.

— Nos geôliers ne nous ont rien donné à manger, dit Sarah. C'est mauvais signe. On nous l'a appris à l'école. Quand des ravisseurs ne nourrissent pas leurs otages, c'est qu'ils ont l'intention de les tuer.

— Pas d'affolement, recommanda le vampire. Personne ne sera tué.

— Ne me traitez pas comme une enfant ! Je ne suis ni hystérique ni en état de choc. Sans être un commando, je sais garder mon sang-froid !

— Désolé. Je ne vous connais pas assez pour interpréter vos réactions. Au début, vous me preniez pour une adolescente…

— Comment va notre autre ami ? demanda Sarah.

— Il respire toujours, répondit Fisca, mais il a besoin d'un docteur… et vite.

Rome attendait Baasalt dans les égouts.

A quelques mètres de lui, un mur en béton vibra… et explosa, expédiant des gravats alentour.

Baasalt apparut.

— *Rome, avez-vous apporté ce que je vous ai demandé ?*

— Tout est là.

Le Trembleur approcha. Rome lui montra la caisse.

— *Bien*... (Baasalt referma le couvercle, calant la caisse sous son bras.) *Venez !*

Ils avaient tenté d'imaginer un plan. Après mûre réflexion, ils avaient décidé d'en appeler aux Trembleurs pour sauver le maître-nageur, assurant qu'il risquait de mourir. D'après Angel, les démons avaient besoin d'humains vivants pour leur rituel.

Mais aucun démon n'était venu...

Assis dans le noir, perdus dans leurs pensées, ils se taisaient.

Combien de fois Angel avait-il souhaité séparer ses actes de ceux d'Angélus ?

Il aurait tout donné pour pouvoir dire : « *Voilà ce que* j'*ai fait et ce qu'*il *a fait. C'est* lui *qui a commis ces horreurs.* »

Mensonges ! Il *était* Angélus. Il se souvenait de tout comme si c'était hier... Et il avait *adoré* faire souffrir ses victimes ! Angélus avait dit la vérité.

Quant à Maria... Il s'était enorgueilli de son petit chef-d'œuvre de cruauté ! Darla avait même parlé de génie... Comme ils s'étaient amusés du sort réservé à la jeune fille ! Avait-elle gagné sa liberté en déchiquetant le cou du cadavre... ? Ou s'était-elle laissée mourir de faim et de soif ? Avait-elle été dévorée vive par les rats ?

Son dilemme l'avait-il rendue folle à lier... ?

Angélus n'était jamais retourné dans l'église pour en avoir le cœur net. Maria avait peut-être survécu, rendue plus forte par ses terribles épreuves...

Il lui arrivait de l'imaginer, voire d'y croire… Mais pas aujourd'hui.

Un siècle durant, il s'était volontairement puni, menant une existence misérable et recluse. Son unique raison de repousser le suicide ? La culpabilité…

Le suicide était l'échappatoire des lâches…

Lui, il méritait mille et mille fois de souffrir !

Il oscillait au-dessus du puits béant du désespoir, funambule des abysses…

Mais aujourd'hui, il avait trouvé sa cause : venir en aide aux humains en détresse.

Son fardeau en était d'autant plus lourd à porter, mais il le poussait aussi à continuer… et à résister à l'envie de faire le grand plongeon.

Au fond, il était à sa place dans cette grotte…

Mais pas Fisca, Sarah ou le maître-nageur. Ils ne mourraient pas seuls dans le noir, comme Maria…

Même si Angel devait se sacrifier pour ça.

Rome suivit Baasalt près d'une heure, une lampe-torche orientée vers le sol pour éviter de trébucher.

— *J'ai été surpris que vous acceptiez mon offre*, dit le Trembleur.

— J'avais de bonnes raisons, répondit l'homme. Le vampire s'est déjà dressé sur notre route. Mes supérieurs seront très généreux avec celui qui les débarrassera de ce trouble-fête.

— *Mais* vous *ne l'éliminerez pas*, souligna Baasalt.

— Peut-être pas directement… Je n'en serai pas moins responsable de sa mort. Et *je* leur apprendrai la bonne nouvelle. Dans mon univers, si le porteur d'une mauvaise nouvelle est souvent blâmé… le contraire est vrai aussi.

— *Je crois comprendre. Les nouvelles sont des*

informations qui mènent au changement. Mon peuple aussi a des idées bien arrêtées sur ce sujet.

— Et comment réagit-il ?

— *Cela reste à déterminer.*

Baasalt s'arrêta soudain, tout ouïe. Rome n'entendait rien. Si le démon communiquait avec son peuple, c'était sur une fréquence qu'il ne captait pas.

— Baasalt ?

Le Trembleur leva une main, lui demandant de se taire. Puis il se remit en marche.

Angel bondit sur ses pieds. Le rocher qui fermait la grotte bougeait !

— Qui est là ? demanda le vampire.

— Je m'appelle Rome, dit une voix rocailleuse. Je doute que vous me connaissiez.

— Peut-être pas, mais je connais cette odeur. Avocat, avec une touche de soufre… J'en conclus que vous travaillez pour Wolfram & Hart.

— Très bien… mais après tout, c'est votre métier. Ou du moins ça *l'était*.

— Wolfram & Hart ? répéta Sarah. Mais… Ce cabinet m'a représentée, l'année dernière !

— En effet, mademoiselle Clark. Avez-vous oublié notre arrangement ?

— *Quel* arrangement ? Mon avocat m'avait parlé d'un remboursement ultérieur de ma dette… Oh.

— Vous avez cru que nous voulions mettre à profit vos talents… (Rome eut une quinte de toux.) Excusez-moi… la poussière de roche.

Il s'éclaircit la gorge.

— Puisque nous vous avions fait acquitter alors que vous étiez en possession de cocaïne, vous avez pensé que nous serions ravis de bénéficier de vos services dans ce domaine… Déduction fausse, ma chère !

— Je connais cette sangsue ! grogna Fisca.

— Salut, Louise ! Moi aussi je vous connais. On n'oublie pas une femme qui a immolé par le feu son ancien amant…

M. Norden ne va pas très bien… S'il revient à lui avant de mourir, demandez-lui si la manie du viol en série lui est passée…

— Pourquoi êtes-vous venu ici ? demanda Angel. Vous avez fait tout ce chemin pour nous narguer ?

— Oui !

— Vraiment…

— Et aussi pour éclairer votre lanterne, Angel. Il vous manque certaines pièces du puzzle. La raison de toutes ces intrigues et du dur labeur que j'ai abattu sans que personne ne s'avise de mon génie. Personne, excepté mon noble adversaire. Puisque vous êtes sur le point de mourir, je pouvais tout vous dire.

Il se racla la gorge.

— Quelle barbe, cette poussière ! Enfin… c'est sans importance. Je vous souhaite une belle mort. Adieu !

— Je hais ce type ! grogna Angel.

CHAPITRE XII

— *Quel était le but de cette conversation ?* demanda Baasalt tandis qu'ils s'éloignaient.

— Je méprise les redresseurs de torts. Que celui-là expire en se demandant si son sacrifice en valait la peine, ou s'il a bradé sa vie pour sauver des gens qui ne le méritaient pas ! Je veux que ses mauvais choix le torturent jusqu'à son dernier souffle !

Ils avaient fait une dizaine de pas quand deux Trembleurs surgirent d'un tunnel perpendiculaire.

Cette fois, l'avocat entendit leurs pensées.

— *Baasalt, le Conseil Fondamental désire te voir.*

— *J'étais en route pour me présenter devant lui.*

— *Pourquoi es-tu accompagné par un Habitant-de-la-Peau ?*

— *Je répondrai uniquement devant le Conseil.*

— *Très bien.*

Les Trembleurs les escortèrent.

Ils arrivèrent vite dans la grotte du Conseil Fondamental. La mare de lave qu'entouraient les six colonnes de pierre brillait de l'éclat orangé des flammes de l'Enfer.

Rome et Baasalt approchèrent de la plus imposante colonne. L'ex-premier prêtre-guerrier posa sa caisse.

— *Grand Batholith, je viens implorer votre pardon.*

— *Vraiment ? En introduisant un Habitant-de-la-Peau dans notre lieu le plus sacré ?*

— *Ce n'est pas un Habitant-de-la-Peau ordinaire mais le représentant de nos alliés à la surface, celui qui nous a permis de trouver les Quatre.*

— *Et quelle est la raison de sa présence ?*

— *Il voulait assister au rituel. Un des Quatre est son ennemi. Etre témoin de sa destruction lui plairait.*

— *Tu n'es pas en position de demander des faveurs, Baasalt. Tu dois répondre de tes fautes.*

— *Je viens pour ça.*

Baasalt s'agenouilla et ouvrit la caisse.

Elle contenait six pics en acier trempé.

Baasalt prit le premier.

— *J'avais prévu de faire ça pendant la cérémonie. Mais je m'inclinais encore devant la tradition...*

Baasalt enfonça le pic dans le crâne du Batholith.

Rome sentit l'explosion d'énergie psychique... Avant de venir, il avait pris la précaution de s'armer d'un sort de protection. Son esprit ne fut pas affecté.

Les Trembleurs n'eurent pas cette chance.

Les esprits des conseillers étaient les plus puissants de tous. S'il en avait eu le temps, le Batholith aurait pu tuer Baasalt d'une pensée... Mais il avait pris tous ses congénères de court en agissant... impulsivement.

L'onde de choc mentale passa du Batholith aux autres conseillers, à Baasalt puis à tous les Trembleurs. Le Conseil tenta de s'y opposer, mais ses efforts le laissèrent faible et désorienté.

Baasalt se sentit revigoré. C'était sa quatrième exposition à une surcharge émotionnelle... Exaltant !

Il prit un deuxième pic.

— Eh bien, fit Rome. Ce n'est pas ce que j'avais escompté...

Les Trembleurs ne furent pas les seuls affectés.

La première tempête mentale les avait frappés par l'intermédiaire de Sarah, dont les défenses étaient affaiblies. Les perceptions de la jeune femme avaient envahi les leurs, créant le scénario du centre commercial. Cette fois, ce fut différent.

L'esprit de Baasalt canalisait le torrent psychique.

Tous furent plongés dans *sa* vision.

D'épais nuages de cendres… Un soleil rouge sang brillait. Une ville au macadam craquelé et poussiéreux. Sous une couche de cendres, les voitures étaient méconnaissables.

L'air était chaud, sec et épais. Sarah et Fisca toussèrent.

— Quel est cet endroit ? demanda l'hôtesse de l'air.

Un *CLANG !* sonore retentit sous leurs crânes, comme si leurs os étaient devenus des diapasons.

Un grondement sourd suivit…

— Un tremblement de terre ! cria Fisca.

Ils n'avaient nulle part où se réfugier ! Le sol se souleva sous leurs pieds, tel un ascenseur emballé, les projetant à terre. Leur chute s'accompagna d'une sensation aiguë de malaise, comme si une loi naturelle venait d'être violée.

Les gratte-ciel gémirent. Des éclats de verre coupants tombèrent en pluie.

CLAAANG !

Puis tout changea de nouveau.

Angel se retrouva dans une meute d'hommes et de femmes, qui avançaient en traînant les pieds. Tous étaient en haillons. Entre deux parois de roche, ils se dirigeaient vers une arche de pierre et une lumière rouge. Ceux qui l'atteignaient ne franchissaient pas le seuil… Ils tombaient !

Une fois sous l'arche, Angel comprit pourquoi. Elle donnait sur un puits souterrain. Au fond, de la lave bouillonnait. Trois autres couloirs y aboutissaient.

Trois humains atteignirent le point de non-retour en même temps que lui. Ils firent le grand plongeon.

CLAAANG !

Angel secoua la tête, désorienté. Où était-il ?

Des nuages de cendres obscurcissaient tout. Le vampire baissa les yeux… Il était sur une pelouse bien entretenue. Un parc… ou un terrain de jeu.

— Sarah ? Fisca ?

— Ici ! répondit Louise.

Le sifflement d'un projectile…

Un cri de douleur…

Angel courut. La première pierre l'atteignit entre les omoplates, transformant sa course en dérapage incontrôlé dans l'herbe. Il s'était à peine relevé quand une autre le frappa à l'épaule.

— Arrêtez ! cria Sarah. Arrêtez, bon sang !

Des pierres *pleuvaient* tout autour de lui…

Tout ça n'est pas réel, pensa Angel.

Il ferma les yeux.

CLAAANG !

Quand il rouvrit les yeux, ce qu'il vit n'eut d'abord aucun sens. Puis il comprit qu'il assistait à une scène tenant du rêve *et* de la réalité.

La Terre, vue par un Trembleur.

On eût dit un labyrinthe sans fin. Les tunnels traversaient les ruines des villes ébranlées par de trop nombreux séismes. Des centaines de volcans déversaient de la lave, faisant disparaître la planète sous un linceul de cendres, pétrifiant les rivières et transformant les océans en bourbiers.

Devenus les maîtres de la Surface, les Trembleurs avaient parqué les humains comme du bétail.

CLAANG !

A chaque sonnerie de l'étrange glas, les visions infernales se précisaient. Elles s'accompagnaient d'une *saveur* émotionnelle que le vampire n'eut aucun mal à identifier. C'était celle de l'*obsession* tapie sous une détermination implacable, ne laissant nulle place au doute ou à la peur.

Une expérience qu'Angel avait bien connue.

Même s'il avait honte de l'admettre, cette drogue lui manquait toujours.

Au réveil de cette joie sauvage, il sentit Angélus s'agiter au fond de lui... et remonter à la surface.

— *Non !* cria Angel.

Son cri le libéra. Dans l'esprit collectif, il n'y avait pas de place pour la dissension.

Angel se retrouva de nouveau dans la grotte-prison.

Fisca et Sarah avaient rejoint le maître-nageur dans l'inconscience... à moins qu'elles ne soient toujours prisonnières de la vision du Trembleur.

Une chose était sûre.

Les Trembleurs s'étaient unis. Dans la folie !

— Il s'en tirera, répéta Doyle. Angel est un pro.

Il se reposait pendant qu'une autre équipe, composée de Serpentines, continuait de creuser.

— Bien sûr, dit Cordélia. Deux choses doivent être rares dans les entrailles de la terre : le soleil et les pieux en bois... Alors là-dessous, il est presque Superman.

— Eh bien, dit Galvin, il reste la lave.

— *Quoi ?* Personne ne m'a jamais parlé de lave ! Les Trembleurs ne sont pas censés être... des démons de volcans hawaïens ! Et Angel n'est pas une vierge !

Maureen lui tendit un verre de scotch, la guidant vers une chaise.

— Calmez-vous.

Cordélia s'assit et but.

— J'aimerais me rendre utile, vous savez…

— Tu pourrais creuser, suggéra Doyle.

— Doyle, je suis *sérieuse* !

— Désolé.

— Peut-être puis-je vous remonter le moral, dit Galvin. (Il supervisait les équipes, organisait l'avancée des travaux et fournissait le matériel.) J'ai cru comprendre que vous aviez eu quelques soucis à l'agence. De mon point de vue, ça compte dans vos notes de frais. C'est donc à moi de payer. J'ai envoyé quelqu'un évaluer les dégâts. C'est une maigre consolation, je sais, mais au moins vous n'aurez plus à vous inquiéter de ça.

Il tendit un chèque à Cordélia.

— Merci, Galvin, dit-elle distraitement en l'empochant sans y jeter un coup d'œil.

Doyle comprit qu'elle était vraiment inquiète.

Angel était seul.

Il utilisa le Zippo de Fisca pour faire l'inventaire de ses « armes ». Puis il prit une décision.

Il démonta un des harnais qu'il portait aux poignets et examina d'un œil critique le tube où venait se loger un pieu.

Il approcha du maître-nageur à la respiration irrégulière et essaya de passer le tube autour de la barre de fer, mais il n'avait pas la forme voulue… Utilisant un caillou et sa force surhumaine, il remédia à ce problème.

Puis il se servit des clés de la femme pompier comme

d'une pince pour le tenir au-dessus de la flamme du briquet. Quand il l'eut chauffé, il l'emboîta sur la barre.

— Désolé, dit-il au maître-nageur inconscient.

Il utilisa les clés pour faire coulisser le tube le long de la barre et l'enfonça dans la poitrine de l'homme.

Une odeur de chair brûlée lui envahit les narines. Angel retint son souffle, espérant que le métal chauffé cautériserait la plaie, l'empêchant de s'infecter. Le tube remodelé était à peine assez long pour atteindre les profondeurs de la plaie.

Le maintenant en place avec les clés, Angel retira doucement la barre.

Comme il l'avait espéré, la plaie ne recommença pas à saigner.

Et le maître-nageur ne remua pas un muscle.

Mais Angel était armé, désormais.

La barre était plus longue que les pieux qu'il avait l'habitude de manier. Mais il pourrait placer ses deux harnais bout à bout pour la cacher sous sa manche.

Il se mit au travail.

— Je crois que j'y suis, dit Doyle.

Il élargit le trou, révélant un tronçon de tunnel. Apparemment inoccupé.

— Qu'en pensez-vous ? demanda le jeune Ian.

Des secousses lui répondirent.

— Malédiction ! cria Doyle.

Ils perdirent l'équilibre. Le demi-démon s'accrocha à une poutre et attendit que le tunnel s'écroule sur lui.

Angel sentit les secousses, mais il les ignora.

Il se préparait.

Le Zippo étant vide, il avait dû terminer la modification des harnais dans le noir. Et la moindre erreur pouvait se révéler fatale.

Il ne lui restait plus qu'à… attendre.

Assis en tailleur, il fit le vide dans sa tête.

Les secousses sismiques ne comptaient pas.

L'odeur du sang du maître-nageur ne comptait pas.

Sa soif ne comptait pas.

Une seule chose importait : être prêt.

Doyle s'aperçut qu'il n'était pas mort. Le tunnel avait tenu bon.

Les Serpentines qui avaient fui revenaient en criant son nom et celui de son compagnon.

Doyle répondit entre deux toussotements. Ian était inconscient.

On les ramena en sécurité. Doyle eut droit à une rasade de cognac.

— Dans quel état est le tunnel ? demanda Galvin.

— Difficile à dire, répondit le demi-démon. Notre tronçon a tenu, mais j'ignore si le reste est encore dégagé.

— Alors, que faisons-nous ? demanda Cordélia.

— Nous continuons de creuser.

Baasalt admirait son œuvre.

Les six colonnes de pierres étaient toutes pourvues d'un pic. Deux ne réagissaient plus, mais il s'en fichait… Que représentaient deux individus quand les autres ne formaient plus qu'un ?

Il sonda les profondeurs de son être, attentif à la nouvelle unité qu'il avait forgée… Les esprits des Trembleurs étaient aussi unis que s'ils appartenaient au même corps. Ses pensées traversaient leurs esprits et les leurs emplissaient le sien…

Mais alors que leurs cerveaux étaient *pétrifiés*, celui de Baasalt était un torrent souterrain où coulait un flot de lave brûlante et implacable. Il avait instauré *son* rituel pour créer une nouvelle entité.

Inventer de nouvelles traditions ne signifiait pas que les anciennes tombaient dans l'oubli... Le Compactage des Ames aurait lieu... Avec l'âme du vampire comme Quatrième Sacrifié, la race fondée par Baasalt serait une lignée de conquérants entièrement composée de prêtres-guerriers.

Ils referaient le Monde, du Cœur à la Peau. Et il serait leur chef.

— *Venez*, pensa-t-il. *Venez, mes enfants ! Il est temps de se rassembler pour la naissance d'une race nouvelle ! Le temps du Compactage des Ames est venu. L'heure de la Danse des Géants a sonné.*

Dans leurs alcôves, dans leurs grottes et dans leurs tunnels, les Trembleurs s'ébrouèrent. Tous convergeaient vers le Conseil Fondamental.

Quand on vint le chercher, Angel suivit ses ravisseurs sans opposer de résistance.

Deux Trembleurs marchaient devant lui et deux fermaient la marche. Trois autres portaient les humains inconscients.

Angel gardait le bras droit très raide, le long de son corps. La barre de fer l'empêchait de plier le coude.

Tant que personne ne voudrait lui serrer la main...

Après quelques minutes, il arriva devant le Conseil Fondamental. Il y avait eu des changements depuis sa dernière visite... La lave semblait bouillonner avec une énergie inquiétante. Et les six colonnes de pierre avaient chacune un pic dans le crâne...

Des démons se tapissaient dans tous les coins. Angel fit une estimation rapide... Deux cents monstres environ.

Il comprit qu'il était en présence de la tribu entière.

Les Trembleurs ne tournèrent pas la tête pour voir passer les victimes.

Une bouteille de Perrier à la main, Rome s'essuya le front avec un mouchoir blanc, puis salua le vampire comme s'ils étaient membres du même club.

— Faites comme si je n'étais pas là, mon cher !

Un Trembleur qui avait un pic dans le crâne fit signe à Angel. Il se tenait dans l'espace circulaire, entre les colonnes de pierre et le puits de lave.

Les Trembleurs y posèrent les corps inconscients de Fisca, de Sarah et du maître-nageur.

Angel fut poussé devant Baasalt.

— *Il est juste que tu affrontes la mort en possession de toutes tes facultés.*

— J'aimerais pouvoir en dire autant pour toi, répondit Angel. Tu as commis une erreur terrible en interprétant à ta façon l'expression « J'aimerais connaître ta façon de penser »…

— *C'est ce que les Habitants-de-la-Peau appellent de l'humour, n'est-ce pas ? Etrange réaction face à une destruction imminente… J'y réfléchirai, dès que j'aurai plié la Surface à ma volonté. J'ai tant à apprendre…*

— Et je suis un excellent professeur. Mes « élèves » retiennent leurs leçons jusqu'à la fin de leur vie… Trois ! Quatre au maximum !

— *Alors, considère que ceci est une leçon !*

Baasalt le prit à la gorge.

Angel se raidit. Le Trembleur essayait d'envahir son esprit. En principe, les vampires étaient hors d'atteinte des télépathes… Mais le Trembleur n'avait rien d'humain. Et s'il découvrait le plan d'Angel, tout serait perdu.

Le vampire refit le vide dans son esprit.

La sonde mentale de Baasalt se retira. L'esprit

d'Angel le perturbait. Les Trembleurs avaient une peur panique du vide…

Cependant, Baasalt ne perdit rien de son aplomb.

L'heure était venue.

— Frères Trembleurs, vous connaissez la Première Histoire où les Ig explorèrent la Peau du monde…

Angel reconnut le ton qui caractérisait un rituel.

Bientôt, le monde extérieur ne signifierait plus rien pour les officiants…

Bientôt, les trois humains et le vampire seraient jetés dans le puits de lave…

Angel devait passer à l'action. C'était le moment ou jamais !

Les griffes de Baasalt restaient sur sa gorge. Le démon pouvait lui écraser la trachée artère en serrant le poing… Il fallait lui faire lâcher prise.

Angel se concentra. Composés de roche, les Trembleurs jouissaient d'une force inhumaine. Mais ils avaient aussi deux jambes et deux bras. Ils devaient donc avoir les mêmes points faibles que les êtres humains…

Toutes les armures ont leur point faible. Et les montagnes leurs fissures…

Tous les bras ont un coude…

D'une simple torsion du poignet, il fit tomber dans sa paume cinquante centimètres d'acier trempé. Puis il rapprocha sa main gauche de la droite… et enfonça la barre dans le coude de Baasalt.

L'articulation se brisa… Le Trembleur lâcha le vampire, qui s'accroupit puis plongea, visant le genou de son adversaire.

Un *crac* retentissant témoigna du succès de son attaque… Angel s'empressa de s'écarter, roulant sur lui-même. Baasalt s'écroula.

Le vampire atterrit aux pieds de Rome qui voulut le faire basculer dans le puits de lave.

Evitant le coup, Angel bondit sur ses pieds. Rome recula, refusant de s'engager dans un combat loyal.

Angel aurait voulu protéger les autres prisonniers… Il devait tenir bon, en perturbant assez le rituel pour empêcher les démons de continuer.

Il se réfugia dans une anfractuosité. Ainsi, ses adversaires l'affronteraient l'un après l'autre, sans espoir de le prendre par surprise ou à revers.

Le premier Trembleur chargea. Angel leva sa barre d'acier, la lui enfonçant dans la gorge. Puis il le repoussa d'un coup de pied.

— Au suivant !

Un autre Trembleur passa à l'attaque. Le vampire lui porta une série de coups vicieux dans les yeux et à la gorge.

— C'est reculer pour mieux sauter ! lança Rome.

— Peut-être… mais je m'amuse comme un fou !

— *Tu te fatigueras bien avant nous*, prophétisa Baasalt.

— Ah, oui ? Je vais te dire ce que je pense ! Si je continue à maltraiter tes troupes, elles finiront par douter de toi. Et là, tu seras *fini*. C'est l'inconvénient, quand on joue les dictateurs… A contrôle absolu, responsabilité absolue ! Si quelque chose cloche, tu sautes !

— *Alors je m'assurerai que rien ne tournera mal.*

Les Trembleurs qui se massaient devant le vampire s'écartèrent. Baasalt ramassa une grosse pierre.

— *J'ai beaucoup appris des Habitants-de-la-Peau.*

Il lança son projectile comme un boulet de canon.

— Pas assez ! gronda Angel.

Il renvoya d'un coup de barre la pierre… qui percuta

un Trembleur. Le monstre tomba à la renverse pour ne plus se relever.

— On appelle ça « une Batteur », l'informa le vampire. Chez nous, on joue comme ça !

— *Je suppose*, dit Baasalt, *que rien ne vaut les bonnes vieilles méthodes !*

Un Trembleur se rua sur le vampire. Angel se concentra sur ses points faibles et réussit à le repousser. Mais un autre le remplaça aussitôt…

Et ça continua un bon moment.

Le vampire ne pouvait pas tuer ses adversaires. Il devait se contenter de les blesser assez pour qu'ils ne se relèvent pas tout de suite…

Baasalt avait raison ; c'était une question de temps…

— Typique…, lâcha une voix familière. Je ne peux pas te laisser cinq minutes sans te retrouver en train de te battre !

Les Trembleurs se tournèrent vers la source de cette interruption.

Doyle se campait à l'entrée de la grotte, un sac à la main. Des Serpentines l'accompagnaient.

— *Vous êtes fous !* cria Baasalt. *Ici, sur notre territoire, nous sommes forts et vous, faibles ! Nous vous enterrerons tous !*

— Je ne crois pas, dit Doyle. Même ici, vous avez une faiblesse… « *Seul ce qui m'est opposé peut s'opposer à moi* », pas vrai ? Il m'a fallu un bout de temps pour comprendre… Mais me voilà avec la solution !

Doyle plongea la main dans son sac et en sortit un objet qu'il lança à Angel.

— Attrape !

Le vampire obéit, priant pour que ce soit une arme.

C'était un objet en plastique. Rose bonbon ! Un sèche-cheveux !

— *Tu plaisantes ?*

— Ça fonctionne avec des piles, dit Doyle. Et ça produit l'élément opposé à la terre… l'air !

Angel se hâta d'appuyer sur le bouton « marche »… et envoya de l'air chaud à la figure du Trembleur qui l'affrontait.

L'effet fut instantané. La tête du Trembleur s'effrita comme un château de sable un jour de tempête, laissant apparaître un crâne qui ressemblait à du cristal poli.

Il s'écroula. Son crâne rebondit sur le sol sans se briser.

— *Maintenant !* cria Doyle.

S'écartant, il révéla l'objet couvert d'une bâche qui obstruait presque l'entrée du tunnel. Les Serpentines dévoilèrent leur arme secrète : un ventilateur géant, sorti des studios de cinéma !

Les pales tournèrent…

La réaction des Trembleurs ne se fit pas attendre. La seule issue était condamnée par le ventilateur, ils tentèrent de creuser les parois de la salle pour se mettre à l'abri.

Un seul ne céda pas à ce vent de panique…

Baasalt.

— *Non ! Je ne serai pas vaincu par le Vide qui Hurle ! Jamais !*

Il ramassa un éclat de roche, s'apprêtant à le lancer. Il n'en faudrait pas plus pour endommager une pale et rendre le ventilateur inutilisable…

Angel orienta le sèche-cheveux vers le bras de Baasalt. La pierre noire s'effrita, révélant des os cristallins.

Baasalt eut le temps de croiser le regard d'Angel.

— *Mais nous sommes éternels !*

— Vous n'êtes que poussière !

Si le sol de la grotte avait été en terre, les Trembleurs auraient peut-être pu s'en sortir. Mais ils furent incapables de creuser la roche.

Deux cents démons frénétiques tentèrent en vain de sauver leur peau… Le vent artificiel arracha l'étrange chair minérale des os des Trembleurs, les transformant en statues de cristal qui restaient un instant suspendues en l'air avant de s'écrouler…

Quelque chose tomba près d'Angel : le crâne de Baasalt.

— Sortons ! cria le vampire. La grotte risque de s'effondrer d'un instant à l'autre !

Il désigna les six colonnes en partie détruites qui avaient abrité les membres du Conseil Fondamental…

— Que faisons-nous de lui ? demanda Doyle, désignant Rome du pouce.

— Je vous donne trente secondes d'avance ! lança Angel à l'avocat.

Rome fila sans demander son reste.

Doyle et les Serpentines s'occupèrent des otages inconscients. Le pic de Baasalt gisait à côté du squelette brisé du premier prêtre-guerrier. Le vampire le ramassa pour le jeter dans le puits de lave…

CHAPITRE XIII

— Je n'arrive pas à le croire ! s'écria Cordélia. L'agence… est exactement comme avant !

— Ils ont fait du bon boulot, dit Doyle. (Il se servit une tasse de café.) Et ça leur a pris quelques jours…

— Mais c'est terrible ! Angel, dis-le-lui !

— C'est… exactement comme avant.

— C'est *ça*, le problème ! Nous aurions pu avoir une nouvelle agence, avec un vrai décor ! Ça… c'est de l'*anti*-décor. Comme l'antimatière ! Si cette agence rencontrait une véritable agence, *boum !*

— J'aime ce cadre. J'ai demandé à Galvin de reconstruire à l'identique.

— Pourquoi perdre mon temps ? Je parle à l'homme qui conseille les ninjas sur la façon de s'habiller…

— Allez, Cordy ! lança Doyle. Comment peux-tu être de mauvaise humeur après avoir déposé le chèque bonus des Serpentines ?

— Quel chèque ?

— J'ai un rendez-vous important ! dit vivement Angel. Des démons. Très méchants !

Cordélia lui barra le chemin.

— Angel ? *Quel* chèque ?

— Celui que… je ne t'ai pas encore donné ?

— Un chèque des Serpentines ? Aurais-tu peur que je m'envole pour Acapulco avec ?

— Evidemment non ! Mais je ne suis pas satisfait de l'épilogue de cette affaire…

— Ce qu'il veut dire, expliqua Doyle, c'est que nous ignorons toujours pourquoi le cabinet Wolfram & Hart voulait la propriété des Serpentines. Et Galvin s'est bien gardé de nous le préciser. Nous avoir aidés à sauver la peau d'Angel était très aimable, mais il reste quelque chose de pas clair dans tout ça…

— Exact. Et jusqu'à ce que j'aie découvert le fin mot de cette histoire, je n'encaisserai pas ce chèque.

— Très bien…, capitula Cordélia. Puis-je au moins… y jeter un coup d'œil ?

— Je ne crois pas que ce serait sage…

— Tant que ça ? D'accord. Notre honneur est sauf, et bla, bla, bla.

— C'est déjà pas mal, dit le vampire.

Dans son bureau obscur, Rome attendait sa fin.

Il avait échoué. Le vampire était toujours en activité et les Trembleurs avaient été détruits. Il n'avait plus aucun moyen de pression sur les Serpentines. Ses patrons n'apprécieraient pas…

Rome étudia les options qui s'offraient à lui. Acheter la propriété des Serpentines pour une bouchée de pain était exclu… Mais ces démons-là voudraient peut-être encore faire affaire avec lui… Tant qu'ils ignoreraient la véritable valeur de leur terrain.

Bien sûr, ça lui coûterait plus cher.

Il décrocha son téléphone et composa un numéro.

— Il y a un point que je ne comprends toujours pas, dit Cordélia. Wolfram & Hart aidaient les Trembleurs, et ils voulaient détruire Los Angeles, où Wolfram & Hart ont leur cabinet… Pourquoi ?

Le souvenir de Lisbonne s'imposa à Angel. Il revit

les pillards, les rats, Darla et lui jouant dans les ruines…

— Les grandes catastrophes attirent toutes sortes de nécrophages. Des opportunistes toujours prêts à profiter de la détresse des gens… Des pros du marché noir, des promoteurs immobiliers véreux… et même des amateurs de frissons. Les façons de profiter de la souffrance humaine sont légion ! Et je suis sûr que Wolfram & Hart les connaissent toutes… Si le tremblement de terre avait eu lieu, leur tour aurait été un des rares bâtiments encore debout. Vous pouvez parier votre chemise là-dessus.

— Ce qui ne nous donne pas la réponse à notre question : pourquoi voulaient-ils la propriété des Serpentines ? insista Doyle.

— Je crois le savoir.

— Ah oui ?

— Je préfère en parler d'abord à Galvin. J'y vais de ce pas. Cordélia… si j'ai tort, nous encaisserons ce chèque, je te le promets. Bon, j'y vais !

— Adieu loyer…, soupira la jeune fille.

— Peut-être pas, dit Doyle. S'il a tort…

— Il n'a jamais tort ! C'est Angel, Doyle ! Je suis encore étonnée que tu aies pu découvrir la faiblesse des Trembleurs avant lui…

— Il avait d'autres chats à fouetter. Et tu pourrais m'accorder un peu de crédit, non ?

— Pourquoi ?

— Pourquoi ? Mais parce que j'ai sauvé tout le monde !

— *Pitié*, Doyle ! Galvin a fourni l'équipement, les Serpentines ont fait presque tout le travail et Angel s'est chargé des combats… Toi, tu t'es contenté d'émettre une hypothèse qui s'est révélée exacte.

— C'est faux ! J'ai trouvé la solution.

— Comment ?

— Eh bien, notre prisonnier me l'a *soufflée*... ! Quand Angel a menacé de le défenestrer, l'exposant à l'immensité du ciel bleu, le Trembleur aurait pu fermer les yeux, mais il était pourtant terrorisé... Pourquoi ? Parce qu'une simple brise pouvait le transformer en tas de poussière en moins de deux ! Pour ces démons-là, le Vide n'est pas seulement un espace désert... C'est un ennemi invisible !

— D'accord, mais ça pouvait être un hasard... Tu les jugeais stupides.

— Les pièces du puzzle ont mis un certain temps à se mettre en place... Mais une chose m'y a aidé : les vampires et l'eau courante.

— Tu as trouvé l'inspiration dans la salle de bains d'Angel ?

— Non. Je parle d'un des mythes qui circulent au sujet des vampires, et qui mettent Angel hors de lui. C'est probablement pour ça qu'il n'a pas trouvé la solution ; il fait un blocage ! Les gens croyaient jadis que les vampires ne pouvaient pas traverser de l'eau courante. Y tomber pouvait même les détruire... Des vampires et de l'eau courante aux démons et au vent, il n'y avait qu'un pas...

— Ton raisonnement se fondait donc sur une croyance parfaitement ridicule ?

— Eh bien, il y avait une certaine dose de spéculation...

— Ah, tu vois ? Je le savais !

Doyle changea prudemment de sujet.

— Maureen et toi êtes toujours les meilleures amies du monde ?

— Je n'ai plus de ses nouvelles depuis le dénouement de cette affaire. Elle doit être occupée par les travaux de réfection de son appartement...

— Sûr.

— Tu crois qu'elle ne voudra plus me voir maintenant que c'est fini ?

— Ne t'inquiète pas, Cordy. Tu pourras toujours traîner tes guêtres avec moi…

— C'est très gentil, Doyle, mais une journée aux courses n'est pas *ma* définition d'un bon moment.

— Aux courses ? Crois-tu que ce soit le seul endroit que je connaisse ?

— Non. Tu pourrais aussi m'emmener dans tous les bars à strip-tease de la ville…

— Et que penses-tu de l'Observatoire Griffith ?

— Quoi ?

— L'Observatoire Griffith. Un grand bâtiment blanc en haut d'une colline, avec un télescope qui sort du toit…

— Je sais ce qu'est l'Observatoire Griffith ! J'ignorais que *tu* le savais.

— Puisque tu n'es pas à Los Angeles depuis très longtemps, tu ne l'as sans doute jamais visité. Si ça te tente, fais-moi signe ! Je serai ravi de t'y emmener.

— Je n'ai jamais été très portée sur les sciences, mais on y tourne beaucoup de films… Je vais réfléchir à ta proposition.

Doyle se tourna pour se servir une autre tasse de café… Et pour qu'elle ne le voie pas sourire.

— Content de vous revoir, Angel, dit Galvin. Etes-vous satisfait des réparations ?

— C'est parfait.

Il suivit le Serpentine dans le salon et s'assit. Le coûteux mobilier avait été remplacé par une version meilleur marché. L'entrée du tunnel était obstruée par du contreplaqué.

— Je constate que vous n'avez pas commencé les travaux.

— L'incident aura au moins un bon côté : le changement de décoration. Mais quel thème choisir ?

— Que pensez-vous de « trahison » ?

— Je vous demande pardon ?

— Peut-être n'est-ce pas le mot approprié..., concéda le vampire. « Manipulation » irait-il mieux ? A moins que vous ne préfériez « appât du gain » ?

— Je ne comprends pas.

— Je suis persuadé du contraire. Le nom Rudolpho Faranetti vous dit-il quelque chose ?

— Ah. Pic-à-Glace Rudy... Je vois que vous avez fait des recherches.

— En effet. Et j'ai découvert que Faranetti a fini par avoir toutes sortes de démêlés avec ses employeurs... On dirait qu'il avait divulgué certains de leurs secrets. Mais pas à la police, *à vous*.

— Inutile de nier, je suppose... Voulez-vous boire quelque chose ?

— Non, merci. Je n'apprécierais pas vos prix...

— Nous suivons ceux du marché. N'est-ce pas le principe même du capitalisme ? Nous avons offert à M. Faranetti ce qu'il désirait. En échange, il nous a donné ce que nous voulions.

— Et vous vous servez de ces informations pour faire chanter les Corzato. Que vous consentent-ils, dix pour cent de leurs bénéfices ?

— Nous avons opté pour un tarif fixe... Leur comptabilité est atroce. Mais la somme est correcte.

— Bien sûr, ce ne sont pas les seuls que vous faites chanter. Vous avez une salle remplie des rêves des gens, tous dûment étiquetés.

— Vous avez bien travaillé. J'aurais dû le prévoir. Oui, les Serpentines ont un certain talent pour dénicher les objets auxquels les gens tiennent le plus… Des choses qu'ils croient parfois perdues – ou qui ne sont que des rêves… La photographie d'un parent qu'on n'a jamais connu… Une peluche qu'on gardait pour rester sain d'esprit au cours d'une enfance malheureuse… Nous avons même des films jamais tournés et des livres jamais écrits… Vous devriez voir notre version du *Magicien d'Oz* avec Orson Welles dans le rôle du lion peureux.

— Je suis sûr qu'elle est fascinante… Mais elle ne vaut certainement pas qu'on vende son âme.

— C'est vrai ! Et nous ne faisons pas le commerce des âmes… Nous ne sommes pas ce *genre* de démons.

— Non, vous faites le commerce des secrets.

— Précisément. Nous donnons aux gens ce qu'ils veulent, en échange d'informations capitales : des tuyaux sur des investissements, par exemple…

— Des informations qui vous permettent d'exercer votre chantage.

— Nous préférons parler de moyens de négocier. Fidèles à notre nature de serpent, nous nous enroulons autour de notre proie… et nous la *pressons*.

— Et où trouvez-vous ces objets ?

— Dans des réalités parallèles.

— Vous échangez les rêves de certains individus contre le linge sale d'autres personnes. Pas étonnant que vous aimiez vivre sous terre. Vous avez votre place dans une tombe…

— Désolé que vous voyiez les choses sous cet angle.

— Vous savez que je ne peux pas vous laisser continuer.

— Et que comptez-vous faire ? Nous tuer tous, y compris les enfants ?

Angel ne répondit pas.

— Nos activités ne s'éloignent pas tant que ça de la norme, à Los Angeles. Nous offrons aux gens ce dont ils rêvent. Nous prenons l'argent des faibles, incapables de résister à la tentation. Voilà tout…

— Cette ville est déjà pourrie jusqu'à la moelle ! Vous devriez songer à déménager. Avant que je ne décide de *vous* presser comme un citron !

— Il est peut-être temps que nous déménagions… Nous avons une offre pour le bâtiment…

— … que vous aviez l'intention de vendre dès le début.

— J'oublie sans cesse que vous êtes détective… Je constate que vous avez eu connaissance de nos pourparlers avec Wolfram & Hart.

— Est-ce tout ce qu'il y avait derrière cette affaire ? Des pourparlers ?

— Mieux vaut être en position de force pour négocier, surtout face à un adversaire puissant… Nous vous devons des remerciements. En éliminant les Trembleurs, vous avez obligé Wolfram & Hart à revoir leur offre à la hausse.

Angel sortit le chèque que Galvin lui avait remis.

— Je ne peux pas accepter votre argent.

— Pourquoi ? Il est parfaitement légal, je vous l'assure !

— Vous et moi avons une définition différente de la légalité.

— Comme vous voudrez.

— Une dernière chose. Pourquoi Wolfram & Hart veulent-ils tellement cette propriété ?

— Emilio Maldonado.

— Jamais entendu parler de lui.

— C'est un géologue. Il a perdu son fils, il y a des années. Enfin, c'est ainsi que les choses se sont passées dans cette réalité… Dans une autre, c'est Emilio qui est mort, pas son gamin… Nous nous sommes arrangés pour les mettre en contact. Emilio a une excellente opinion de nous. Pour lui, nous sommes des sauveurs.

— Jusqu'à ce que vous lui présentiez la facture. Qu'a-t-il fait pour vous ?

— Il a convaincu Wolfram & Hart que cette propriété avait beaucoup de valeur. En conséquence, ils sont prêts à allonger un pactole ! « L'ennemi de mon ennemi est mon ami »… Vous connaissez l'expression, bien sûr. D'ici peu, Wolfram & Hart auront d'excellentes raisons de nous haïr tous les deux… Cela ne vous réjouit-il pas ?

— J'apprécie tout ce qui peut nuire à Wolfram & Hart… Mais qu'arrivera-t-il à Maldonado quand ils apprendront sa duplicité ?

— Ça, c'est votre domaine. « Secourir les sans espoir » est votre credo, n'est-ce pas ?

— Je ferai de mon mieux.

— J'en suis sûr. Quant à Rome… Mon petit doigt me dit qu'il est désormais très seul.

— Si vous plumez ses patrons, il regrettera d'être venu au monde.

— Oh, la somme est colossale, je vous le garantis.

— Et que croient-ils acheter ?

— Une nappe de pétrole.

— Jadis, les serpents tentaient leurs proies avec des pommes… Mais les temps changent !

Galvin eut un grand sourire.

Et Angel ne put s'empêcher d'éclater de rire.

Achevé d'imprimer sur les presses de

BUSSIÈRE

GROUPE CPI

à Saint-Amand-Montrond (Cher)
en juin 2001

FLEUVE NOIR
12, avenue d'Italie
75627 Paris Cedex 13
Tél. : 01-44-16-05-00

— N° d'imp. 13509. —
Dépôt légal : juillet 2001.

Imprimé en France